老爸的計程車

鐘曉彤◎著

封面插圖◎超感動

序　獻給我的父親

能夠長大要感激很多人，要感激的對象數也數不完。因為有這些人，我們才能瞭解做人的道理；才能瞭解生活的意義；才能讓我們能夠無憂無慮的長大。

儘管比起某些人，我們家不算十分富裕，但父母滿滿的愛心使得我們能夠用愛來包容他人，並且瞭解在這個社會上，擁有金錢與地位並不是幸福的保證。能夠和自己所愛的家人在一起，像父母與兄弟姊妹愛我們那樣去愛他們，這甜蜜而又難以割捨的感情，才是幸福。這篇文章付梓之時，正逢家父生日，感謝父親辛勤工作養我育我，才讓我有這個機會發聲，將一位父親對女兒的愛寫下來，讓更多人瞭解為人父的快樂與哀愁。這本書獻給我的父親，同時也是世界上最好最好的父親。最後，願全天下的父親都能滿足的看著兒女長大。

江美芸　世豐國小四年級學生　10歲　女

一直都很懂事，有著一頭烏黑長髮，在班上有班花之稱的國小學生。勤奮於課業，是老師眼中的好孩子，但江美芸過的不是很開心，因為她和其他孩子不同，自己少了一位母親。忙碌於工作的爸爸，總是不能陪在她身邊。

江豐勝　正正車行計程車司機　33歲　男

受雇於正正車行的計程車司機，踏入這個行業不過一年。為了給孩子更好的生活，江豐勝沒日沒夜的努力工作，而在他的勤奮之下，日子過的比之前在工廠當黑手來的好。可是他沒有注意到，孩子要的不只是經濟上的安定，更需要父母給予心理上的溫暖。

林懷恩　大業車行計程車司機　38歲　男

服務於台北最大的車行，並且是公司幾乎年年績效排名前三名的超級司機。林懷恩在週日會陪同妻子前往教會禮拜，他和妻子有個共同的心願，就是早日生下自己的孩子。

曾國強　交通警察　27歲　男

曾國強是一位不特別認真，但也不怎麼打混，只想安安穩穩過一生的小人物。

他和轄區內計程車行的司機們都有交情，對於司機們偶爾違規也是睜一隻眼，閉一隻眼。

可是在曾國強的內心，他其實希望自己有所作為，不要當一個永遠的小交警，可是一想到父親對自己超高的期望，最後曾國強總是選擇退卻。

目次

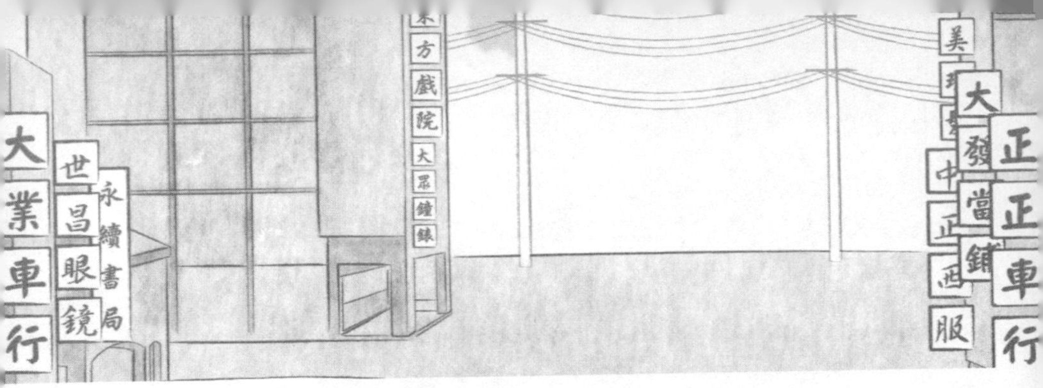

正正車行
大發當鋪
方戲院
大眾鐘錶
永續書局
世昌眼鏡
大業車行

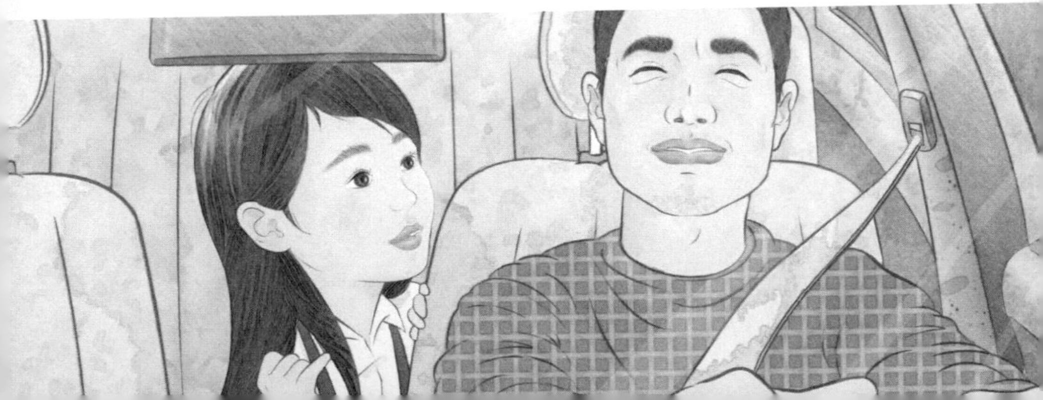

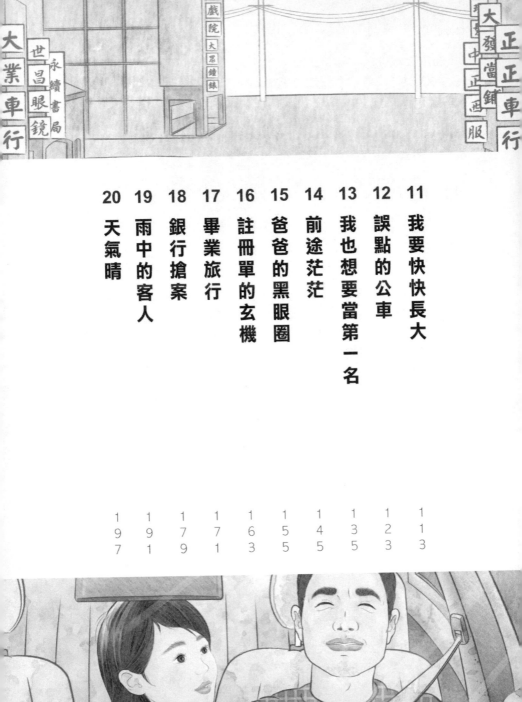

第一章

車站外的排班計程車

「叭叭……叭叭叭叭……」不過早上六點出頭，汽機車的喇叭聲此起彼落，響徹整個台北的天空。

台北的街頭一如往常忙碌。運送貨物的卡車，載送通勤上班族和學生的公車，以及通往台北各地的轎車，如蜂擁的泉水，從台北縣、基隆市往台北市區湧入。

大量車潮，沒一會兒工夫就把台北為數不多的柏油路佔得滿滿滿。有一輛黃色的計程車也在車陣中，平日的通勤時間，卡在忠孝東路上動彈不得早不是什麼新鮮事。坐在右前方副駕駛座，穿著白色襯衫、藍色百摺裙，戴著國小學生正字標記的橘色圓帽。江美芸拿著手上那本筆記本，正在努力默背老師交代的論語篇章。

「子貢曰：『貧而無諂，富而無驕，何如？』子曰：『可也。未若貧而樂，富而好禮者也。』子貢曰：『詩云：「如切如磋，如琢如磨。」其斯之謂與？』子曰：『賜也，始可與言詩已矣！告諸往而知來者。』……」江美芸反覆背誦著這一篇短文。

「這一篇文章在說些什麼呢？」計程車司機發問，他不是別人，正是江美芸的爸爸，進入計程車業還不滿一年的江豐勝。

「這篇文章在說一個人生活的態度，貧窮也好，富有也好，都要懂得禮。」江美芸看著上方，一邊回憶老師昨天解釋的內容，一邊對爸爸說。

「懂得禮跟貧窮不貧窮有什麼關係？」江豐勝不以為然的說。

「老師說：『貧窮不見得會不快樂，有錢也不見得就會快樂。待人處事有很多要學習的，而懂得生活中的樂趣，比起一味的擁有很多很多錢、東西還要重要。』哎唷！反正老師是這麼說的嘛！」江美芸不知道該怎麼解釋，只是把老師說過的話重複一遍，最後有點煩了，乾脆敷衍兩句。

「不懂的地方記得去問老師，問到會為止。」

「喔！好。」江美芸見爸爸命令式的口吻，有點敬畏的說。

「不然繳學費幹嘛！老師就應該要把孩子教會，不然我們自己教就好啦！」江豐勝看著前面半天不動彈的車尾燈，煩躁的說。

江豐勝會那麼煩躁，主要還是因為自從妻子死後，他一個人辛苦的將唯一女兒江美芸拉拔長大。但在大台北討生活不容易，表面上這是一個處處充滿機會的城市，但生活各方面的消費都很高，還有許多打拼十年也不見得買得起的房子。

和江豐勝那輛車齡大約五年的中古裕隆轎車相比，此時車道左後方一輛黑色氣派的三千cc賓士車，霸道的硬要從擁擠的車潮中擠出一條路。

「叭叭……」賓士車喇叭狂響，在它前方的車很識趣的趕緊向前磨蹭，想要讓路。奈何車潮哪是一兩輛車能夠決定的，最後演變成賓士車按喇叭催促前方車輛，前方車輛則像接龍一般，一輛接著一輛往前頭按，可是按了半天喇叭，沒有一輛車動得了。

江美芸看著左邊那輛黑色賓士，好奇的問：「坐在賓士裡頭不知道是什麼感覺？」

江豐勝轉頭看著女兒，又瞄了賓士車一眼。江美芸還小，不懂得社會上有許多東西是要有很多錢才能買得到，並且不是每個人都能賺到那麼多錢。他何嘗不想滿足女兒，可是有些東西，那已經不是滿足不滿足的問題。

一個開計程車的司機，一個月能賺多少？靠自己努力，靠運氣，還要看老天臉色。江豐勝看著女兒望著賓士車那雙好奇的眼睛，想到自己一個人養育女兒，可是能夠給女兒的卻沒有很多，突然感傷起來。

「爸爸，我們會不會遲到啊？」車子行動的速度緩慢，江美芸有點膽心，昨天老師說今天上課要默寫課文，但如果遲到，她能參與考試作答的時間就更短了。

「今天確實比平常更塞一點。沒關係，爸爸答應說今天要送妳上學，爸爸說到就會做到。」江豐勝對女兒比出大拇指，這是他安撫女兒時經常出現的手勢。

見到爸爸的大拇指，江美芸露出微笑，說：「好吧！但是我今天早自習要小考，萬一遲到我就跟老師說是爸爸害我的。」

「哈哈！沒關係，真的遲到妳就跟李老師說是爸爸害的。」江豐勝聽著女兒童言童語，塞車的煩悶瞬間宣洩不少。

「美芸，妳真是認真，這個學校也只待到今天，明天就要去新的學校，妳還那麼認真的準備考試。」

「轉學也沒什麼了不起的，我只想好好考試。總之跟大家一樣就好。」

「乖！」江豐勝摸摸女兒的頭，他一個人照顧孩子，見到孩子逐漸成熟，能夠照顧自己，內心寬慰不少。

江美芸就讀的小學，其實離家的距離，走路大約三十分鐘。碰上塞車時間，走路還比坐車快。可是江美芸喜歡搭爸爸的車，因為這是她能夠和爸爸講上最多話的時候。就算有的時候不說一句話，能夠待在爸爸旁邊，看爸爸開車的樣子，美芸就很滿足。

好不容易，車陣又開始動了，江豐勝擺動排檔桿，空檔轉換成一檔，跟著

二檔。車子的速度快起來，眼看再過三個路口，轉個彎就能到達江美芸平時就讀的小學。

轉學前的最後一天，江豐勝想陪女兒上學，還打算順道去謝謝美芸班上的導師。

「這裡！」此時，一位穿著西裝，提著公事包的中年男子對江豐勝的計程車招手。

江豐勝見到有客人上門，很直覺的就往人行道開過去。可是，很快的他就想起女兒還在自己車上，以及今天答應要送她上學的諾言。

江美芸很懂事，見到有客人，不等江豐勝跟她說，主動的指著車窗外頭，說：「爸爸，送我到這裡就可以了，你快去上班賺錢吧！」

「好。」江豐勝有點不好意思，但這也不是第一次碰上這種情況。車子順勢停在路旁，江美芸跳下計程車，回身還不忘對江豐勝揮手。

中年男子坐上後座，見江豐勝凝視女兒好一會兒，不耐煩的催促著：「司

機先生，我要去八德路台視。喔！我在趕時間，麻煩快一點好嘛！」

「是是是……」江豐勝把注意力拉回來，好不容易今天一大早就有客人，他可希望有個好彩頭。必恭必敬地，他油門一踩，車子離開人行道，很快的脫離江美芸的視線。

看著爸爸的車駛進另一個遠方的車陣，江美芸這才轉身往學校方向走去。

「啊！」才踏進正門，江美芸突然想起一件很重要的事，叫道：「我的筆記本還在車上。」已經來不及，江豐勝的車早就遠遠的不知去向，本來想要趁著早自習小考前再複習幾次老師指定要背的古文，這下只得聽天由命，考驗自己昨晚唸書到現在的記憶力。

已經發生的事情不能挽回，江美芸聳聳肩，無奈的接受這個現實。她沒有很不開心，因為今天爸爸有了好的開始，而江美芸知道爸爸的辛苦，所以對於今天能夠見到爸爸載到客人，她心底很開心，好像是因為自己當了一回招財貓似的，終於能夠幫上爸爸的忙。

和爸爸相依為命，爸爸的快樂就是江美芸的快樂。

江豐勝的在台視大樓前停了下來，中年男子從西裝外套中掏出一個大皮夾，從中拿了兩張一百給江豐勝。江豐勝正在翻找著胸前口袋的零錢，只聽中年男子急忙打開車門，丟了一句：「不用找了！」然後匆忙且大力的關上車門，頭也不回的走了。

意外賺到一點小錢，江豐勝開心的將兩百塊收進口袋。但他的笑容僵硬了，剛才很認真的開車趕路，這時他才見到女兒的筆記本，就放在副駕駛座的椅子上。

「怎麼那麼粗心。」江豐勝把車頭一迴，往女兒的小學開去。

一早就有生意，江豐勝的心情很好，好像有蝴蝶在心中飛舞。說時遲，那時快，一位交通警察將他的車攔下來。

江豐勝不明就裡，穩穩將車停到路邊。

交通警察走過來，說：「行照、駕照。」

江豐勝掏出證件，問道：「警察先生，怎麼了嗎？」

交通警察指著剛才江豐勝迴車的路口，一個豎立在安全島中央，被樹枝擋住的標示牌。

「禁止迴車，你沒看到嗎？」不給江豐勝任何解釋的空間，交通警察一邊說，一邊把紅單刷刷幾筆，開好交給江豐勝。

本以為多賺了點小錢，開心的早晨，瞬間因為這張罰單，好像老天在對江豐勝說：「好運永遠都不會屬於你。」

今天早上可能要載好幾趟客人才能把罰單打平，想到這裡，江豐勝沒了力氣，原本要趕往女兒學校的衝動消失的無影無蹤。他微微踩著油門，計程車緩緩起動。

第二章 轉學生

第一次，江豐勝連續兩天載送女兒江美芸去上學。

昨天是為了和老師、同學告別，今天則是為了要迎接新環境。

「還好嗎？會緊張嗎？」江豐勝牽著女兒的手，說。

江美芸輕輕搖頭，但緊抓著爸爸的小手說明了一切。新的環境，對於孩子來說總是會有多少忐忑。

台北市不是個大地方，但江豐勝卻得將女兒從本來的小學轉到現在的小學，只因為現在的小學距離車行比較近，他忙碌一整天下來，回家照顧女兒的時間也比較多。

此外，也是因為世豐國小在台北市的評價還不錯。江豐勝在為女兒辦理轉學手續前也問了幾個車行的朋友，他們的回答讓江豐勝覺得自己的決定應該對女兒會更好。

「能夠和爸爸有更多時間相處。」光是為了這個理由，江美芸就有足夠的勇氣換新環境。

可是，當這一天真的到來，多少還是會有許多和自己想像不同的地方，譬如自己會緊張，這就是其中一個。

計程車停在學校對面，有三分鐘路程的停車場。世豐國小校門口陸續有家長送孩子們來上學，可能真的因為辨學認真，不少高級車停在校門口，走下來的孩子雖然和其他孩子一樣穿著制服，但制服以外的配件還是可以看出與一般中產階級或工薪階級家庭有所差異之處。

「爸爸，不用陪我沒關係，我可以自己走。」

見到其他家長只是把孩子送到校門口就離開，江美芸見自己牽著爸爸的手，有點害羞的說。

說歸說，江美芸的手還是緊緊抓著爸爸的手。江豐勝心底偷笑：「孩子終究還是孩子。」對女兒說：「別擔心，爸爸總是要跟老師打個招呼，反正我今天也不急著上班。」

訓導主任見到江美芸這張陌生的臉，以及江豐勝這位素未謀面的家長，小

跑步過來打招呼，說：「先生您好，請問您是要送孩子上學嗎？」

江豐勝對訓導主任很有禮貌的鞠躬，說：「老師您好，我女兒今天轉來貴校就讀，我想帶他去跟老師打個招呼。」

「喔？請問是幾年級，哪一班？」訓導主任問道。

「我記得昨天還有接到貴校行政人員的電話，應該是四年級九班的樣子。」江豐勝不大確定，趕緊從口袋中拿出昨天隨手抄在報紙角落的紙條，又看了一遍。

「九班是嗎？先生您帶著女兒朝川堂走過去，看到至聖先師的塑像，左轉就會見到至善樓，中、高年級都在那一棟，過去走上二樓靠學校後門方向就是了。」

經過訓導主任熱心指導，江豐勝省去還要問路的麻煩，很感激的對他說：「謝謝您。」

校長的高級轎車駛來，訓導主任沒再多說什麼，指揮負責交通導護的老師

和學生，幫校長讓出一條路，好讓車能夠順利開進學校。

待校長的車開進校園，訓導主任白了車子方向一眼，才又對江豐勝說：「那是咱們校長大人的車，他今天來的倒挺早。」語氣中，對於校長似乎不是很友善。

江豐勝不敢多問，和訓導主任再次道謝後，帶著江美芸往教室去。

世豐小學共有四棟建築物，除了有校長、老師等辦公室的行政大樓「至德樓」外，另有兩棟分別是低年級上課的「至真樓」和中、高年級上課的「至善樓」，以及一棟兼為禮堂的體育館「健康館」。和其它小學學校相比，有室內體育館的學校已經算得上資源豐富。

青蔥的草地，由紅土跑道圍繞。許久沒有踏進校園，江豐勝比起女兒，像是還更加興奮。想到小時候無憂無慮的日子，江豐勝很是懷念，那時候只要每天能夠揹著書包，來到學校和三五好友一起玩耍，就覺得日子很滿足，心中很快樂，好像每天日復一日也很好。

現在，家庭的負擔，經濟的壓力緊緊落在肩頭，過往的歡樂全成為僅供懷念的回憶。

「美芸，妳可要好好珍惜唸書的時光。」江豐勝有感而發的說。

「爸爸你又想到什麼啦？」

每次聽到爸爸像個老頭子一樣說話，江美芸肯定爸爸又在自尋煩惱。她不懂爸爸怎麼有那麼多事情可以嘆氣，為什麼不能跟自己一樣不要想東想西的。

來到四年九班教室，從走廊的窗戶看進去，距離早自習時間還有十五分鐘，已經有超過一半的學生坐在教室裡頭正在讀書。

帶著粗框眼鏡，一位身材微微發胖的女老師，她是四年九班的級任導師許小梅。她坐在講台旁邊的辦公桌，一手拿著藤條，正在看書。

「許老師……」江豐勝見老師和同學都在唸書，怕打擾到大家，輕聲對教室裡頭許老師說。

只見許老師根本沒有專心唸書，她隨時注意著班上的動向，突然瞥見第六排靠走廊位子的同學低頭正在偷睡，拿起藤條就往桌上用力一拍。

「啪！」藤條清脆的響聲，打攪教室內所有人的瞌睡蟲進行破壞活動。全班同學都醒了過來，各個正襟危坐。

許老師瞥見窗外的江豐勝和江美芸，輕輕挪了挪眼鏡，走到走廊上。才踏出走廊一步，又回頭對教室內的學生們說：「都給我好好唸書，等一下小考八十分以下的，老師保證你們有抄不完的課文。」

老師放了狠話，學生們還是隨著老師走出教室，而又開始鬆懈。瞌睡蟲再次找到回到教室的路，又有幾個孩子禁不起瞌睡蟲的誘惑，開始點頭。

許老師極為嚴肅的作風，還沒上課就已經讓江美芸有點驚懼。之前學校班上的級任導師是個和藹的大叔，可現在自己看是要落入一位潑辣婦人的手中。想到這裡江美芸握著爸爸的手更緊了。

江豐勝見許老師十分強勢，倒也沒覺得有什麼不好。雖然自己小時候可怕老師了，但嚴格的老師，他認為基本上對於孩子學習往往有正面幫助。尤其自己忙，如果老師能夠多盯著孩子們唸書求學，自己的負擔也能少了不少。

許老師臉上沒有太多笑容，說起話來與那張臉卻有點不同。江豐勝和許老師簡單聊了一會兒，從對話中發現許老師是個用功的老師，對於江美芸在前一個學校的表現和種種資料，許老師都很輕易的對答如流。

「美芸在文科表現上都不錯，對於作文好像想法上還蠻靈活的。我昨天有跟美芸之前的級任導師通過電話，也看了美芸的作業，在作文這方面我會多給她一些練習的機會。」

「謝謝老師稱讚，我女兒很喜歡看書，什麼書都看。」聽老師稱讚自己女兒，江豐勝驕傲的說，。

「不過，數學的表現還有很大的進步空間，關於數學我也會多多給她輔導。」談完優點，許老師不忘把缺點拿出來講了兩下。

「老師說的是，就請老師多多給美芸指導，謝謝您了！」江豐勝對許老師

十分恭敬，又是一鞠躬。

許老師見江豐勝很客氣，而且客氣中帶有一種高度的敬意，覺得這位家長還挺有趣的，便說：「我會做好我的工作，您就別擔心了。」

把孩子託付給老師，江豐勝和江美芸說了再見。

「江美芸，進教室吧！」

看著爸爸的背影，江美芸眼眶突然一紅，她也不知道自己為什麼會這樣，也許是因為許老師給人感覺很兇，也有可能是捨不得爸爸離開。她勉強把眼淚吞下肚，呆呆的站在走廊上。

「美芸！」許老師見江美芸站在外頭，又催促一聲。

江美芸轉身走進教室，班上同學見到有新來的同學，七嘴八舌的討論著。

江美芸沒有聽到同學們討論些什麼，她只想到爸爸今天晚上又不知道要工作到多晚才會回家。

許老師翻了翻手上的資料，見到江豐勝的職業欄寫著「計程車司機」，以及母歿的資料，有點感慨的喃喃自語：「又是一個單親家庭的孩子。」

有些話，訓導主任沒有對江豐勝說。四年級共有十班，數字排在最後的兩個班專門將學習情況比較差，家裡環境沒有那麼好的學生放在一起。只有成績好，或是家境不錯，家長社經地位高的孩子，才能進入最前段的一到三班。至於一般的孩子，或許成績雖然還不錯，但前段班名額已經被學校比較重視的家長孩子佔據的因素，就只能唸中段班。

小學，無疑也是社會地位與現實的縮影。

第三章

騎腳踏車的交通警察

「曾國強！」台北市第三分局內的交通警察小隊辦公室，震耳欲聾的獅子吼聲，把外頭剛好經過遛狗的民眾和那隻小雪納瑞都給嚇了一大跳。

可有一個人渾然沒有被這聲已有十五年功力的獅吼功給影響到，坐在辦公桌前的椅子上仰頭呼呼大睡。交通中隊的中隊長見有此人竟然對他的絕學絲毫沒有反應，雙手交叉在腰後，緩緩走到他身邊。中隊長輕輕把椅子一搖，曾國強頓時產生失去地心引力的錯覺，整個人從夢中嚇醒。

「雞！我的雞呢？」曾國強還來不及擦口水，左右張望，像是在找什麼東西。

「雞你個頭！現在都幾點了，快點給我去執行勤務。」中隊長倒也不生氣，只是頗為無奈的說。

曾國強這才發現自己不小心在辦公室睡著了，趕緊立正站好，雙手貼在褲管兩側，對中隊長說：「報告中隊長，我這就出發。」

旁邊兩位交警在偷笑，中隊長對那兩位交警說：「笑什麼笑，都給我乖乖

執行勤務去。」

兩位交警收斂起笑容，低頭寫著昨天值勤的記錄本。

曾國強戴上警帽，穿上夾克，檢查一下桌上值勤用的器材。和刑警不同，交通警察不需要特別佩槍，更何況平時例行性的在固定區域值勤，對於值勤環境的地理人文，曾國強早是了然於胸。

曾國強前腳剛走，小隊長這時走進來，見到中隊長，露出微笑朝他問好：「建年兄，今天怎麼有雅興來我們小隊轉轉？」

「學弟，你就別那麼客氣了，還不是最近又有例行的工作會報，我不四處盯緊一點，人家上頭可會說話呢！」中隊長一指頭上，嘴角一癟，一臉不情不願。

「對了，我剛剛見國強急急忙忙出去，是幹什麼去了？」小隊長想起方才在門口和曾國強擦身而過，有點疑惑的對周遭同仁問。

「那小子我見他該值勤的時候竟然在做白日夢，就把他叫起來了。」

小隊長微笑說：「建年兄，還不是昨天國強又超時加班工作，誰叫又有人酒醉駕車，在青島東路那邊把車撞個稀巴爛，同仁們清理了一整夜，幾個人都沒睡。」

「喔……這倒是我誤會了。」中隊長這才恍然大悟。

「您也知道國強這小子比其他年輕人都有熱誠，我反而還擔心他太拼命，會把自己身體給拼壞。」

「哈哈！年輕人拼命一點是好事啊！現在不拼，等到像我們一把老骨頭了，還能拼什麼？」

「您說的是，一把老骨頭大概也只能等退休啦！」

「唉！想當初在警校，大多數同學都想幹刑警，想進偵一，就我們幾個沒志氣的想當交通警察。」

「話不能那麼說，我們在台北長大就知道交通對於一個都市的重要性。道路是城市的血管，血管要是不暢通，交通打結，整個城市的活動就會受到阻

塞，嚴重甚至會停擺呢！」

「說到這個，上次你不是說在仁愛舊國宅那邊有一個不錯的推拿師，什麼時候帶我去給他推拿、拔罐一下。我最近老是覺得血路不順。」

「下次吧！我們都老了，比不上年輕時候驍勇善戰。」

中隊長與小隊長兩人惺惺相惜的聊起警校迄今的種種往事，往事歷歷在目，彷彿還是在昨天，第一次執行勤務的青澀未曾消失，人生還處於美好的青春時光。只可惜，一切僅供追憶。

曾國強踏出警局，牽了腳踏車，開始他一天的快樂時光。

「啦啦啦啦……」嘴裡哼著歌，曾國強騎在腳踏車上，一點也沒有值勤的感覺，反而像是在閒散的出遊中。

只見一輛貨車，毫不避諱的停在紅線上。曾國強沒有立即開出罰單，而是下來查看，他發現貨車停車的地方就在一個餐廳門口，四周沒有其他停車位。

曾國強走進餐廳，老闆和司機先生正在對著一份單子點貨，兩人見到警察走進來，馬上意會到發生什麼事。

司機先生小跑步過來，對曾國強說：「警察先生，我馬上就把車移走。」

曾國強也不著急，和緩的說：「貨物都卸下來了嗎？」

「差不多。」

「我半個小時後過來，希望屆時紅線已經淨空。」

「謝謝，警察先生。」

曾國強沒有開罰單，他不喜歡開罰單，他總是給民眾許多方便，以至於整個小隊就他績效最差，但曾國強不以為意。

在曾國強值勤的範圍內，正正車行是他必經的一個重要據點。交通警察和計程車司機之間有相當默契，因為都是靠著道路吃飯的人，只是一個是執法者，一個是普通市民。

曾國強經過正正車行，江豐勝正在洗車，他們兩人年紀相近，彼此見過幾

次面，也小聊過幾次。

曾國強見車行沒有其他人，對江豐勝用台語問道：「運將，最近生意還好嗎？」

江豐勝一邊拿著抹布正在擦擋風玻璃，一邊說：「還可以啦！不就這個樣子。」

「最近選舉快到了，可能又有一陣子交通黑暗期，希望各位能夠多多配合政府的政策。」

「一定一定，警察先生，但你也知道，馬路上就那些宣傳車最大，我們也只能忍讓。總之，安啦！」

話鋒一轉，曾國強打量江豐勝兩眼，說：「我看你好像做這一行沒多久？」

擦完擋風玻璃，江豐勝將抹布丟進水桶中，說：「也快一年了。」嘴巴沒說出來，但江豐勝內心忍不住碎碎唸：「我就這麼沒有存在感，都在這裡做了快一年，好歹也跟你聊過幾次天，你連我都不記得。真的是……」

「開計程車挺辛苦的，我看你年紀還很輕，怎麼會想要做這一行？」

「警察先生，你有所不知，我沒唸過多少書，之前在工廠當黑手，現在開計程車比起當黑手已經算好的了。」江豐勝懶得跟曾國強多說，但問到轉行這件事，他還是忍不住抱怨。

曾國強見江豐勝心情似乎不大美麗，沒多說什麼，繼續往下個據點去。很巧的，就在五百公尺外的另一個街區，與正正車行平行，是一間在台北規模數一數二，超過六十輛車組成的大業車行。與只有小小一間店面的正正車行相比，不是小員警平常會沒事來關心的據點，而是市議員、官員或中階以上警官會來泡茶聊天的聚會所。

車行氣派的雙店面格局，十多輛計程車停在馬路邊，幾位司機正在抽煙、聊天。見到曾國強，還有司機熱情的拿出檳榔問他要不要來一粒提提神。

曾國強謝過司機好意，見沒有司機違規停車，照本宣科的要對車行裡頭

的人宣導一下最近因應選舉季節來到，提醒計程車司機們配合交通疏導的計畫。

大業車行董老闆是位另外經營餐廳、早餐店，做了許多生意，財大氣粗的商人，對於和警察打交道並不陌生，只是曾國強的階級太小，他才懶得出來跟這位小警察說話。於是看著愛將，大業車行的鎮店之寶，業績總是在車行排前三名的林懷恩說：「你出去應付一下那位『鴿子』。」

「鴿子？你是說外頭那位員警嗎？」林懷恩正在忙裡偷閒，吃著早餐火腿蛋餅，聽老闆要他出去看看曾國強有什麼要說的。於是放下蛋餅，拿衛生紙擦擦嘴，走了出去。

「警察先生，有什麼需要幫忙的嗎？」

「沒什麼，只是最近選舉快到了，可能又有一陣子交通黑暗期，希望各位能夠多多配合政府的政策。」

「謝謝警察先生關心，這些事情我們都有在注意，請放心。」

曾國強又開始打量林懷恩，觀察可是他最大的興趣，雖然身為一位不需要介入刑案的交通警察，他可是時常幻想自己是一位偵探。

「雖然不是第一次這麼說，但我真覺得你的氣質不同一般人，很少見到氣質像你那麼好的司機。」

「怎麼說？」

「如果不是早知道你是開計程車的，我還以為你是老師呢！」

「警察先生您真會說話。我想我要是真有什麼氣質，大概都是因為有上教會，聆聽主的箴言才讓我給人有這種感覺吧！」談到天主與教會，林懷恩的話匣子就停不了，當場跟曾國強講起參加教會的好處。本來是曾國強要來向計程車司機宣導，這下倒是反客為主了。

第四章 塞車

曾國強很有耐心的聽了林懷恩把信主的好處說了一堆，他對於信仰沒有太多瞭解，也沒有意願去瞭解。因為既然騎腳踏車就能讓自己放鬆心情，又何必再去信仰一個不知道存不存在的上帝。

離開大業車行，曾國強再次騎上腳踏車，再次哼起歌。

當大人們在自己的崗位上辛勤工作，孩子們也在學校，為了自己的未來，在課堂上努力。

江美芸已經轉學一週，班上同學對她的好奇心漸漸轉淡。猶記得剛轉學過來前兩天，總是會有同學跑來圍著她問東問西，現在除了坐在旁邊的女同學，沒有什麼人會特別過來和她說話。

看著窗外，江美芸想起之前的小學，那裡她唸了三年多，許多朋友都在那裡，可是現在她只能偷偷想念他們，在世豐國小，她還沒交上好朋友。

「算了，出去走走吧！」想說閒著也是閒著，難得的下課時間，江美芸走到走廊上，幾百位小朋友在走廊，以及外頭的大操場等地方一群群的在玩樂著。江美芸走下樓梯，想要到對面大樓的販賣部瞧瞧。

穿越操場，販賣部裡頭人山人海，一些沒有準備早餐的孩子，正在搶奪為數不多的波羅麵包以及當紅的咖哩麵包。

江美芸見大家搶成一團，「噗哧」笑了出來。她沒有這個煩惱，因為爸爸總是會在家裡堆上許多土司和果醬，她的早餐很簡單，只要拿出土司，從草莓、葡萄、花生和芝麻醬中選擇一種，就把早餐準備好。

「咖哩麵包吃起來是什麼味道呢？」江美芸對著販賣部阿姨遞給小朋友的麵包，好奇的想著。

一位白襯衫顯得特別白，腳上穿著新鞋子，頭上綁著亮紅色髮圈的女學生，和兩位女同學有說有笑的拿著剛到手的咖哩麵包，正要走出販賣部。剛好江美芸正在想事情，兩人不小心擦撞到彼此的肩膀。

「哎唷！」兩人異口同聲的叫出來，綁著紅色髮圈的女孩子手上的咖哩麵包失手掉到地上。人潮擁擠的販賣部內，被沒有注意到的學生踩過去。本來蓬鬆、圓鼓鼓的咖哩麵包，瞬間變成扁平狀。

那位女同學回頭對江美芸說：「你幹嘛撞我？」

江美芸根本不曉得發生什麼事，一臉無辜的說：「我哪有！」

「明明就是你撞的，我有看到。」在紅髮圈小女孩左手邊那位同學指著江美芸說。

「我……我也有看到。」小女孩右手邊，身子十分嬌小的女孩子，心虛的說。

幾位附近的學生聽到有人在爭吵，都偷眼在關注情況發展。

江美芸面對四周圍人們的目光，不知道該如何是好，只能繼續用她能想像得到的辯解方式，說：「我真的沒有，不是我。」

「我不管，妳陪我一個咖哩麵包！」紅髮圈小女孩氣呼呼的說。

如果有錢，江美芸會賠給這位小女孩，她可不想被大家誤會，更不想被大家這樣好像自己做了什麼壞事似的看著。可是，江美芸手上連一塊錢都沒

有。

江美芸不知道該說些什麼，也不知道該怎麼辦，直楞楞的站在那裡，動也不動。她低頭看著地上，焦點卻在地面以外，她只是想著，如果爸爸在就好了。

「妳發什麼呆？想裝傻啊？」紅髮圈小女孩見江美芸不知道在搞什麼鬼，火氣更大了，吼道。

爭吵間，有人去找老師來。一位正好在附近上課的年輕男老師被抓過來，他在人群外見到幾個孩子把一個女學生圍住，不高興的說：「都在幹嘛呢？」

男老師走近一看，見江美芸面色慘白，以為她被欺負，嚴厲的問：「發生什麼事了？」

「這個人把我的咖哩麵包給弄掉了，而且她還不承認！」紅髮圈小女孩指著江美芸鼻子大罵。

「我沒有。」江美芸手足無措的對老師和眾人說。

另外一位穿著白色套裝，年約四十的女老師，也被小朋友叫過來，她見到氣呼呼的紅髮圈小女孩，一下子像是見到督學來巡視似的，渾身觸電般的站直身子，以有點敬畏的口吻說：「楊小晴，怎麼了嗎？有什麼事可以跟老師說。」

「我要她賠我的麵包。」

江美芸無辜的看著女老師的雙眼，女老師咳嗽兩聲，像是故意不去理會江美芸眼睛中發出的求救信號。跟著說：「咖哩麵包一個才五塊，妳就把五塊錢給她吧！」

年輕男老師見女老師不問究竟就採取處置，不明白的問：「學姊，我們是不是應該先瞭解一下情況啊？」

「實習老師插什麼嘴！」女老師不高興的說。

年輕男老師閉上嘴巴，沉默不語。

「我、沒、有、錢。」江美芸一個字、一個字的把自己的困難說出口。

「連五塊錢都沒有？」女老師感到不可思議的問著。

江美芸點頭，她覺得有點丟臉，倒不是因為被誤會而已，更包括自己沒有辦法拿出五塊錢賠給同學。

周遭幾位同學笑出聲來，他們說的話語中帶刺。

「你聽到沒有，那個人說她連五塊都沒有耶！」

「騙人！怎麼可能連五塊都沒有。」

「哈……真的假的！」

「欸！你快拿出五塊錢借給她啦！你看她好像快哭了。」

上課鐘此時響起，女老師不想為了這點小事拖延上課時間，自掏腰包拿出五塊錢，叫販賣部阿姨拿塊咖哩麵包來。

販賣部阿姨看了一下櫃台，攤手說：「今天的咖哩麵包都已經賣完了。」

楊小晴聽見已經沒有咖哩麵包，氣得話都不想多說一句，便邁出販賣部，頭也不回的走了。她左右兩位女同學跟著追了出去，體型嬌小的那位回頭瞄了江美芸一眼，也不知道是同情，還是好奇江美芸真的身上連五塊錢都沒有。

「好啦！都給我回去上課。」女老師憤憤的催促看熱鬧的同學們，同學們一哄而散。

「妳也是，快回教室上課。」女老師對江美芸說。

江美芸移動沈重的步伐，淚水早已佔據眼眶四周，走到外頭，風輕輕一吹便從臉頰上滑落成兩道小河。

待學生和女老師都離開，年輕男老師問販賣部阿姨：「那個小女孩是誰？怎麼我看連學……喔！我是說朱老師都對她一副畢恭畢敬的樣子。」

販賣部阿姨說：「你真的是新來的耶！那個女孩子是四年一班的學生，爸爸是立法委員，也是學校的家長會會長。全校的人上至校長，下至工友都知道她惹不起。」

販賣部阿姨都回去做自己的事，準備下節下課又一批的學生人潮。只留下男老師一個人在那裡懊悔著，擔心著：「原來是這樣。」

男老師想到自己剛才冒冒失失，如果楊會長的女兒回家跟爸爸抱怨幾句，搞不好自己從鐵飯碗跌至前途堪慮，緊張的額頭冒出冷汗。

江美芸回到教室，這節是她最喜歡的自然課，老師會介紹好多奇妙有趣的科學定理，偶爾還有像是變魔術般的實驗可以玩。但現在她沒有一絲心情去想這些，只是默默的坐在位子上。

沒有人關心她的眼淚，江美芸只能寄望爸爸，因為江豐勝答應女兒今天會來接她放學。

「只要見到爸爸就好了。」江美芸只有這麼一份期待。

放學鐘聲響起，這令人難過的一天眼看即將結束。

江美芸坐在校門口外的矮牆，等著爸爸開著那輛計程車。然而，只見周遭的孩子們一一往學校以外的方向離開。有的三五成群排成路隊，有的則是坐上爸爸媽媽的轎車和機車。

一輛黑頭賓士開過來，戴著白手套的司機下車，迅速的將後門打開。楊小晴此時步出校門，司機連忙幫她拿過書包，說了聲：「小姐，今天辛苦了。」

坐上車，司機幫她將門關好。楊小晴透過車窗瞥見江美芸坐在矮牆上，她默默將車窗搖上。

夕陽西下，就連導護老師和志工阿姨都已經收隊，江美芸還是孤零零的坐在那裡。

接近下班時間，江美芸企盼見到的爸爸再次塞在車陣中。

第五章

帥氣的司機

「看來爸爸是不會來了吧？」

江美芸覺得今天真是倒楣透了。可是她又能怎麼樣。只能無奈的站起身，拍拍屁股上的灰塵，往回家的路上前進。

半個小時可以到家的路，江美芸徬徨著不知道該怎麼走才好。走另外一個方向，十五分鐘左右可以到爸爸工作的車行，但她想爸爸肯定不在，而且如果爸爸在，她會更加的不知道該怎麼辦。

抱著連自己都不明白的動機，江美芸慢慢朝爸爸的車行移動。以前江豐勝有帶她來車行一兩次，跟裡頭工作的叔叔伯伯打招呼。

站在正正車行對街，果然爸爸的車不在車行裡。

江美芸鬆了一口氣，猶豫著會不會爸爸這時候已經到了學校門口，正因為見不到她而著急。

江美芸決定走回學校，但她沒有選擇來時的路，晃著晃著繞了遠路，經過一處公園。

座落於都市各個角落，公園是都市的肺，一棵棵大樹伸展身上的枝葉，為城市排放出來的大量二氧化碳經由光合作用轉換為有用的氧氣。並且公園也是擁擠的都會區少數可以得到更多空間，更多安靜時光的小小庇護所，能夠讓人暫時忘記工作、忘記繁忙，忘記自己身處於台北這個灰色叢林。

放學時間早過了，此時接近晚餐時間，公園內沒有什麼人，連散步、慢跑的民眾都沒有。

有一盞路燈，忽明忽亮的，可是沒有人注意到它需要工程人員來修護。

江美芸看著路燈，想到自己，覺得自己跟這盞路燈好像——沒有人來修護自己，沒有人注意到自己需要被關心。

想到白天被幾位女學生和老師誤會，江美芸本來以為已經乾涸的眼眶又開始有淚水打轉。

「我不可以哭，不可以。」

江美芸要自己堅強起來，她不想要再流眼淚了。

眼淚，在媽媽離開她和爸爸的那天，應該就已經流乾了。可是，後來還是常常哭，好像眼淚永遠都沒有盡頭，可以一直流下去。

江美芸可不希望自己像女明星那樣變成眼淚汪汪的水龍頭，因為流淚就會讓爸爸擔心，爸爸擔心就會不高興，而爸爸不高興，她自己也不會開心。

雖然不是一個大公園，可是心事重重的江美芸卻發現自己走著走著，遺忘了回家的路。

當江美芸發現自己迷路，她人已經在公園外頭一個陌生的住宅區，每一棟房子都長得好像，每一條巷子也都像是自己家住的，台北典型的巷弄。可是，江美芸不知道自己在哪裡。

「回到大馬路看看！」江美芸對自己說，邊想邊跑。

抱著想要找到大馬路的念頭，江美芸卻發現自己越走路就越窄，好像大馬路就在世界的另一端，任憑她怎麼努力都觸摸不到。

終於，她忍不住蹲在地上，哭了出來。

這一哭，好像把許多過去隱忍的眼淚都給喚起。那些眼淚從來沒有離開，就在她眼睛裡頭，醞釀著。

江美芸哭泣的聲音，傳過轉角，進到一間掛著十字架的基督教聚會所。

本來正在進行團契，彼此分享故事的人們停下嘴巴，因為他們都聽見外頭小女孩的啜泣聲。

裡頭有一對夫妻，他們好奇的起身，想要看看究竟是哪一位小女孩，因為什麼事情哭得如此傷心。

「老公，你有聽見小孩子的哭聲嗎？」妻子小聲對丈夫說。

「有。」丈夫小聲回應。

「我們快去看看吧！」

「嗯！」

夫妻轉過街角，見到小女孩蹲在地上，兩眼揉著已經哭得紅腫的眼睛，依舊哭個不停。

「小朋友，妳怎麼哭得那麼傷心？」那位先生從口袋掏出手帕，蹲下來遞給江美芸。

江美芸發現自己哭的聲音竟然驚動到其他人，驚訝之餘哭泣也暫時止住。她瞪大眼睛看著眼前這個和藹的中年男子，猶豫著該不該接過手帕。

男子的妻子也蹲下來，那是一位有著一頭烏黑秀髮，一張臉蛋白皙的出奇，看起來身子十分嬌弱的一位貌美女子。

「懷恩，你不要嚇到孩子了。」女子輕拉丈夫的袖子，柔聲說。

「曉玲，我知道。」

這個男子正是林懷恩，他每週都會抽出時間，陪伴妻子到住家附近的聚會所進行團契，還有禮拜。這天他按照慣例進行活動，結果竟然聽見小女孩的哭聲。

見兩位大人盛情難卻，江美芸不好意思的接過手帕，把眼淚擦了擦。跟著說：「謝謝叔叔、阿姨。」

她將手帕還給林懷恩，林懷恩接過來，見到上頭浸濕的淚水，感到有點心疼。

林曉玲對江美芸笑得很甜，說：「小朋友，妳叫什麼名字，怎麼一個人在這裡哭呢？」

「我叫做江美芸。」

「怎麼寫呢？」

「美麗的美，草字頭的芸。」江美芸一邊說，一邊用手在空氣中寫著自己的名字。

「美芸，妳有什麼煩惱？要不要說給阿姨和叔叔聽。」

江美芸的鼻涕和眼淚塞滿鼻腔，有點呼吸不順，她調整了一下呼吸，然後說：「沒有啦……」

江美芸不知道自己為什麼不把心事說出來，畢竟面對陌生人，她不知道該不該說。

「沒關係，我們找個地方坐下來，妳可以慢慢說給我們聽。」

「曉玲，團契之後，我還要回頭去車行，妳確定我們要這麼做？」

「兩件事八竿子打不著，你等會兒可以去你的車行，我可以在聚會所和小朋友聊聊。」

「但妳的身體……我還要送妳回家休息呢！」

原來林懷恩是擔心妻子的身體，並不是對江美芸沒有同情心，不想聽她傾訴煩惱。

「不礙事的，家離這裡也不遠，我等一下可以自己走回家。要是你不放心，找位弟兄，還是姊妹幫幫忙不就得了。」林曉玲覺得丈夫想得太多，她自己可一點都不擔心。

林懷恩看著妻子和眼前可憐的孩子，歎口氣，但這口氣並不惆悵，倒像是有什麼想法想通了，得到解脫。

林懷恩牽著妻子的手，對妻子及江美芸說：「我等一下打電話去車行請

假，今天就讓我陪陪妳們吧！」

「懷恩，你真好。」林曉玲望著丈夫，痴痴的說。

林懷恩雙頰一紅，用眼神望著江美芸的方向，像是在說：「還有孩子在呢！」

林曉玲難得見到丈夫害羞的樣子，露出會心一笑。

儘管什麼也沒有說，什麼也沒有做。只是看著這對感情很好的夫妻，江美芸彷彿也感受到那股甜甜的滋味，來自兩人彼此真誠的互相關心。

本來陰鬱的情緒，就在凝視這對夫妻對彼此關愛的言行之間，得到慰藉。

林懷恩和妻子，他們帶著江美芸走進聚會所，坐在有十字架，天主與聖母畫像前的桌椅上。

林懷恩倒了一杯熱茶給江美芸，江美芸摸著熱茶，茶杯的溫度暖暖傳來。

江美芸喝著茶，觀察四周環境，她發現這個名為「聚會所」的地方內有股溫馨的味道，好像在裡頭的人們都很平靜。

面對這兩個陌生的大人，江美芸將自己今天受委屈的事情說了。

林懷恩和妻子認真聽著，這給了江美芸莫大的勇氣，因為很少會有大人面對小女孩說的事情，會用一種認真的神情來聆聽。大人們總是關心著自己的事，要不就是覺得小孩子說的事情肯定沒什麼重要性，所以不需要太認真去仔細聽。

聽完江美芸說的經過，林曉玲說：「這樣不對，老師怎麼可以不公正？又怎麼可以不把事情搞清楚，就對孩子們下判斷呢！」

「老師們也是人啊！這本是無可厚非的一件事，但有些事情如果不解釋清楚，造成誤會，這就不好了。」

「喔！我的天父，這世界怎麼會有這麼糟糕的老師。」

林曉玲雙手在胸前畫了十字，對於江美芸所提及的老師，她真的是為那些失職的大人感到難過。

江美芸沒有參加過教會，也沒有認識什麼信教的人。江豐勝沒有特別信仰

什麼，但逢年過節偶爾會拜拜、燒燒紙錢。

家裡頭只有媽媽的遺照，以及簡單的一個小香爐，除此之外什麼也沒有。

大概是放下心了，江美芸又提及了一些學校的事。

林懷恩和妻子越聽越為江美芸擔心，因為他們發現江美芸在學校好像過得有些孤單，不是很快樂的樣子。

林曉玲問：「妳的爸爸媽媽呢？現在距離放學時間有好一會兒了，妳怎麼不回家呢？」

提及這件事，江美芸神情落寞，她也不是不想回家，只是爸爸沒有出現。她見到聚會所內牆上那個大鐘，上頭指著時間已將近五點半，從椅子上下來，說：「我該回家了。」

「讓叔叔送妳一程。」

林懷恩帶著妻子和江美芸，來到路口。江美芸發現原來大馬路離自己剛才哭泣的地方不遠，而且這個地方離自己家其實也挺近，回家的路稍微多繞一下，就會經過這個地方，只是以前從來沒有走進小巷子裡，所以沒有注意到這邊有聚會所。

「哇！叔叔你也是開計程車的嗎？」見到林懷恩的車，江美芸尖叫著說。

「也是？美芸的爸爸也是計程車司機嗎？」林懷恩笑說。

和爸爸從事相同工作的人，這讓江美芸對林懷恩的好感多了一分。

第六章 晚上不見人影的爸爸

江美芸回到家，林懷恩和妻子臨走前還不忘對她說：「以後有什麼想說的，隨時都可以來聚會所找叔叔和阿姨喔！」

打開家門，家裡頭黑漆漆的，江美芸把電燈開關打開，家裡見不到爸爸的蹤影，她想爸爸大概又在外頭忙碌了。她走到客廳中間的餐桌，蒸好的饅頭和一些醃漬的菜，看來這就是她今天的晚餐。

江美芸的家很樸實，沒有太多浮華的裝飾品。牆壁上連一張海報都沒有，唯有一卷日曆。但日曆許久沒有翻頁了，還停留在一個多月前的其中一頁。電視櫃上沒有一台電視，倒是在小茶几上放著一台收音機。江美芸打開收音機，頻道是警察廣播電臺，正在報導台北的路況。江豐勝每天都要聽警廣，從家裡的收音機聽到計程車上的收音機，這是他工作必備的回家作業之一。

聽著警廣的播音，江美芸會覺得很安心，播音員提到的每一條路，她都會想像爸爸正在那條路上開著車，剛接到一位客人，然後又多了一筆收入。偶爾會聽見某某路段發生車禍的消息，她會希望爸爸能夠避開。更重要地，江

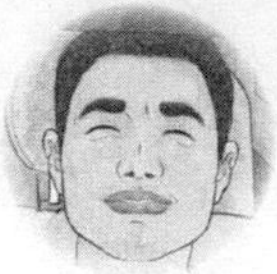

美芸喜歡自己能夠和爸爸做同一件事。當她聽著收音機，爸爸應該也同時聽著收音機，而且兩人聽著同樣的頻道。

「爸爸，你現在在哪裡呢？」江美芸吃著饅頭，聽著警廣，喃喃自語說。

晚了一步，當江豐勝脫離車潮來到世豐國小校門口，江美芸那時已經先一步往回家的路上出發。江豐勝下車，在校門裡外晃了一圈，沒見到女兒，他知道女兒比起其他同年齡的孩子獨立的早，倒也不怎麼擔心，只是有點慚愧，自己又讓女兒失望了。

「唉……回家美芸肯定又要跟我嘔氣了。」江豐勝坐在校門外頭的矮牆上，就在稍早女兒坐著的地方。他掏出一包長壽，將一根菸叼在嘴裡，跟著摸摸口袋找打火機，但今天打火機似乎要跟他作對，怎麼點就是點不著。

「真是個爛貨！」江豐勝將打火機往地上用力一扔，打火機立刻碎成好幾片。江豐勝頗為懊惱，對於自己一個人養育女兒，可是卻沒有足夠的能力好好照顧她，他內心覺得很愧疚。可是，他又有什麼選擇？沒有傲人的學歷、沒有祖產，他只有自己、女兒和一間住了好多年，卻只是租來的一間老公寓。

江豐勝叼著那根沒有點燃的香菸，看著馬路上來來往往的車輛，他覺得自己真是窩囊。一輛計程車開過來，停在江豐勝面前，車燈亮得讓他不得不用手遮住燈光。計程車上下來一位留著絡腮鬍的司機大哥，他對著江豐勝叫道：「阿勝，你怎麼在這裡？」

「阿明，我要來接女兒放學啦！」

「拜託，現在都幾點了，接個鬼啊！」

「唉！就是碰上塞車來晚了，女兒都走了。」

「看你一臉落寞的樣子，沒接到女兒又不是什麼大不了的事情，回家帶支又大又香的雞腿，女兒看在雞腿的份上就會原諒你了。」

「呵呵！最好女兒有那麼好哄。」

「其他人的女兒我不清楚，你家女兒還在讀小學吧？小學生懂什麼，只要

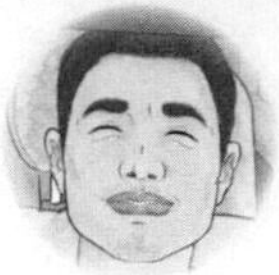

有得吃，有得玩，一切好辦。」阿明說得堅決，好像他自己養育過許多女兒似的。

「聽你在胡扯，等你娶妻生子，我再聽聽你的建議也不遲。」

「這麼說也對，但……我不打算娶妻生子啊！在台北開計程車，一個人過日子就不容易了，最好還弄個一家老小來折磨自己。我現在自己一個人過得開開心心的，沒有什麼不好。」阿明拿出菸和打火機，為自己點了，跟著又為江豐勝嘴邊那根長壽點上。

「咦！你不是戒菸了？」才幫江豐勝點上，阿明突然想起這件事，問道。

江豐勝搔搔耳朵，說：「我也想戒啊！不然我家那位千金小姐成天唸著，可是我也沒辦法，工作累的時候就想來一根。」

「檳榔要不要？」阿明掏出檳榔，慫恿江豐勝說。

「不了，檳榔我就真的不能吃。」

「不識貨，這可是整個萬華公認最好的檳榔。」阿明又抽菸，又吃檳榔的，整嘴牙齒又黃又紅，像張血盆大口。

「我不敢說你錯，但我也不能說你對。有孩子確實什麼都不一樣，有很多麻煩事兒、有很多需要擔心的，也不能像年輕的時候，把錢花在自己身上就好。可是，有很多不一樣的開心，那是自己一個人當個光棍所不能體會的。」再怎麼辛苦，只要想到女兒那張堆滿笑意的臉，江豐勝覺得再也沒有什麼事情是他不能為女兒付出的。

「我差點忘了，你今天晚上要不要去紅龍酒樓底下排班，我聽裡頭的大班跟我說，今天晚上好像有位董事長在那邊招待客人，會有不少生意。而且那些客人都是外地人，從酒樓來回圓山飯店，一個晚上跑上兩三趟，錢可不少呢！」

「真的嗎？那我……」江豐勝可不想放過這個賺錢的好機會，可是想到女兒這會兒可能在家等著他，有點不知道該不該衝這一次的業績。

「你在猶豫什麼？這可是我好不容易得到的消息耶！」阿明推推江豐勝

說。

「我考慮一下。」

「有什麼好考慮的，我先講喔！你不來我可要先去排隊了。」

「嘰……」腳踏車的煞車聲，幾乎快劃破阿明和江豐勝的耳膜。

曾國強坐在腳踏車上，對阿明和江豐勝說：「你們兩個在幹嘛？把車停成這樣，我不抓都說不過去了。」

「抱歉，我馬上把車移走。」阿明陪笑臉說。

「你不是那位經常出現在我們車行的交通警察嗎？」江豐勝認出曾國強的臉，說。

曾國強見兩輛計程車的車門上都塗有「正正車行」四個大字，想起這是他管轄區域的車行，說：「原來是正正車行的司機，快把車移走，停在這邊要是剛好有其他交警經過開單，我可就幫不上忙了。」

「你倒是一位通情理的警察。」江豐勝對曾國強說。

「大家都是賺辛苦錢，我開你單又有什麼好處，只是大家得互相尊重，不然真有什麼人要找碴，我也沒轍就是了。」

阿明開車，搶先一步往他今天晚上夢想的淘金地帶，急駛而去。江豐勝的車停在黃線上，倒也不算違規，他還在猶豫著該不該跟阿明去。

曾國強見江豐勝若有所思，問道：「司機先生，你不想把車開走，打算在這邊坐一整晚嗎？」

「我也沒什麼地方好去的。要嘛回家，要嘛就只能回到台北的大馬路上工作。」江豐勝苦笑說，接著說：「你呢？還沒下班，我看你今天早上也有來過，按照排班時間來說，你這時候應該也下班了吧！」

曾國強摸摸帽沿，說：「我在加班。」

「你喜歡加班？」

「反正不工作又能幹嘛！年輕的時候不好好打拼，到時候老了可就會後悔。」

「你倒是一位拼命的警察呢！這種警察不多了。」江豐勝有感而發的說。

「我不管其他人怎麼樣，我只想成為自己想成為的那種人。」

「什麼人？高階警官嗎？」

曾國強沉默了一下，他想起自己家中那位一家之主，那位在中央單位服務的長官，同時也是自己的父親。他想成為警察，在很大的程度上是受到父親的影響，那一身帥氣的警察制服，以及官兵捉強盜的正義感。

可是，從他只能當個交通警察，他覺得現在反而比考上警校之前，和爸爸的距離更遠了。

當交通警察，沒有太多機會可以晉升上去。因為很少會有什麼大案子，因而能夠得到跳躍性的升遷機會。

「總之，不試試看怎麼知道！」這句話，曾國強對江豐勝說，也是對自己說。

「有道理。」江豐勝同意曾國強說的，他現在如果不拼命，女兒的未來也跟著變成泡影。只要經濟情況允許，他要努力賺錢，讓女兒可以唸好的初中，好的高中，然後讀好大學，讓女兒不要跟自己一樣，只能當個庸庸碌碌的計程車司機。

不自覺地，江豐勝將自己的夢想寄託在女兒身上。於是他又回到用來賺錢的馬路上，而不是回家和獨自一人的女兒在一起。

這不是因為他不愛女兒，只因為要給女兒一個更美好的未來，江豐勝認為只有努力賺錢一途。

第七章

為什麼我沒有媽媽

沒有赴約的爸爸，倒也沒有造成江豐勝和江美芸父女間有什麼嫌隙，畢竟這種事情也不是第一次發生了。有些事情就像這樣，女兒知道爸爸這麼做是為了自己好，可是多少還是會有些不甘願，但除了不甘願，好似也沒有其他選擇。當一件事情重複許多次，習慣了也就好了。

就像江豐勝因為在外頭開計程車，如果剛好在某個和女兒約定的時間之前碰巧遇到一位客人，江豐勝往往會選擇先賺這筆錢，然後再赴約。江美芸很懂事，也聽了爸爸老是叫她要懂事，所以她不讓自己有哭鬧的機會。寂寞，那是潛藏在心底，只有自己可以對自己說的小秘密。

「江美芸！江美芸！」

「美芸，老師在叫你啦！」

坐在江美芸旁邊，好心的青青拱手在嘴巴邊，對江美芸提醒著老師正在叫她的名字。美芸意識過來，趕緊起立舉手喊：「有！」

許老師有點傻眼，對江美芸說：「不用喊有，又不在在點名，老師只是要

妳起來回答黑板上的問題。」

全班同學見江美芸整個人在狀況外，都捧腹大笑。坐在江美芸旁邊的青青跟江美芸關係還不錯，拼命忍住笑，怕給江美芸難堪。

江美芸發現自己鬧了一個笑話，慢慢坐回自己的位子上。

跟著全班的笑聲又漸漸靜默下來，江美芸低頭看著桌上課本，發現全班變得好安靜，抬頭望向黑板，發現許老師仍在盯著她。

「美芸，坐下沒關係，但題目總是要回答吧！」許老師覺得有點好笑，說。

「喔……這一題，應該是要用畢氏定理，所以應該是……」江美芸快速翻著課本，尋找自己算術的小筆記，她對老師出的這一題有印象，可一時之間就是想不出要用什麼公式。

青青說：「兩短邊平方和等於長邊平方。」

「咳！」許老師咳嗽一聲說：「青青，妳不要提醒美芸，讓她自己想。」

好不容易撐到下課，江美芸像是剛跑完馬拉松，對青青說：「剛才上課真是謝謝妳，可惜最後我還是沒有回答對。」

「其實妳用的公式是對的，只是套進公式運算的時候太粗心，所以最後答案才會不對。」

「青青妳的數學一向都那麼好嗎？好羨慕妳唷！我碰上數學每次都死得很難看。」江美芸輕拍自己腦袋一下，表示自己有夠笨。

「沒有啦！還不是跟大家一樣，都是靠補習補出來的。」

「補習？補習好玩嗎？」

「拜託，補習哪裡好玩了！補習超痛苦的，明明白天就已經上了一整天的課，放學回家之後卻還不能休息，我一個禮拜有五天在補習，而且補完習回家也要寫作業啊！我超討厭補習的。」青青嘮叨的說了一長串，可見她對補習有多麼深惡痛絕。

「妳把補習說得好可怕喔！就像……」

「就像？」

「就像許老師發起飆來的時候一樣。」江美芸吐了長長的舌頭說。青青聽了很是同意，微笑著點點頭。

「聽妳這麼說，妳沒有補過習嗎？」青青沒有認識沒補過習的同學，問道。

「沒有。」江美芸搖頭說：「補習太花錢了，我爸爸都說書自己唸就好。」

「真的假的，可是大家都在補習啊！數學一定要補的，還有英文，其它還有才藝班。我爸爸、媽媽跟妳說的不一樣，他們都說補習很重要，說什麼『不能讓孩子輸在起跑點上』。」

「可是……算了，我爸爸一個人工作很辛苦，我不能讓他再花錢了。」

「可是妳不會想要學才藝嗎？雖然上補習班很累，可是我還蠻喜歡跳舞的，而且跳舞可以穿得跟小公主一樣。」青青比了一下跳芭蕾的姿勢，俐落的轉了一圈。江美芸看得很羨慕，她也想穿得像是小公主，但她總認為這是不可能的。

「我想想喔！」青青在腦袋中思索著是不是有什麼好機會可以推薦給朋友。

「有了！」青青想到前幾天媽媽跟她說的，跑進教室，從書包裡頭拿出一張宣傳單給江美芸看，對她笑說：「我聽媽媽說，家長會經常會辦一些有趣的才藝班活動。像這個週末有烹飪教室，只要是本校學生家長帶著小朋友來都不用錢。」

「謝謝妳，青青，可是我爸爸要工作。」

「那妳媽媽呢？我知道妳爸爸一個人工作很辛苦，可是媽媽總有空跟妳一起來吧？」

江美芸眉頭緊蹙，淡淡的說：「我也想，可是……可是……我媽媽在我小時候就過世了。」

「啊……」青青認識江美芸有一個月了，卻還是第一次聽江美芸說自己沒有媽媽。她還不能想像沒有媽媽是什麼樣的一件事，只知道很嚴重。

「妳什麼也不用說，我不介意告訴別人這件事。」

「好吧！」青青見好友似乎真的不介意，可這下子她也沒心情聊天了。接著說：「把宣傳單收下，叫妳爸爸有空陪妳來，我媽媽會帶我去，希望可以見到妳。」也不問江美芸要不要收下，青青把宣傳單硬是塞給江美芸。

回家的路上，江美芸手上拿著宣傳單，她心底想：「爸爸肯定又說要上班，沒空陪我去。唉！這張宣傳單大概只能拿來摺成放魚骨頭的小盒子了。」

「如果，如果能有媽媽陪我去……」

就在江美芸準備將宣傳單收進書包，她想起有兩位大人或許可以幫上忙。江美芸搬出腦海中的記憶庫，回想那個那個遇到好心叔叔和阿姨的聚會所，走進大馬路旁的小巷子中。

也許冥冥之中真有上帝，江美芸不敢相信自己竟然如此輕易的就找到了，平時她可是個大路痴，不像爸爸如同人體地圖一樣，把全台北每一條路都背得滾瓜爛熟。

聚會所的門永遠敞開著，江美芸偷偷從門外往裡頭瞧。裡頭幾位大人正在喝茶聊天，人人手上都拿著一本聖經，看來一場團契可能剛結束。

林曉玲轉頭見到江美芸一雙清澈的眸子，十分好奇又有點害羞的朝裡頭望，微笑著對她喊：「美芸。」

江美芸見自己的行蹤被發現了，摸摸頭，尷尬的笑著走過去。

「美芸，好幾天沒見到妳了，最近過得好嗎？」

「謝謝阿姨關心，我過得還可以啦！」

「妳是不是有什麼想說的呢？」林曉玲一眼就看出江美芸有心事，這是屬於當過女孩兒的女人特有的直覺。

江美芸手上那張宣傳單，邊緣已經被她揉起好幾條皺摺，她把宣傳單拿給

林曉玲，說：「學校週末有一個活動，我想要回家拿給爸爸看。」

「呵呵！能夠跟寶貝女兒一起烤好吃的蛋糕，哇喔！妳爸爸一定會很樂意陪妳去。」

「我也不知道，爸爸總是很忙，我也不知道該怎麼跟他說。」

「就直接跟他說出妳的心願。相信阿姨，世界上沒有一個父親會拒絕去聆聽孩子們的願望和煩惱。」

「是這樣就好了。我真不懂，同樣是開計程車，為什麼懷恩叔叔就有時間陪妳，可是我爸爸卻沒有時間陪我呢？」江美芸歪頭想著。

「每個人都有每個人不同的考驗，這是上帝給我們的。」

「上帝為什麼要給我們這些考驗？為什麼就不能讓每個人都開開心心的呢？」江美芸覺得那位上帝未免有點不大公平。

「上帝給我們的考驗，背後的含意只有等到妳想通了，才會知道。」

「所以上帝是個喜歡出謎語給人們猜的人囉？」

「或許是，但上帝出謎語都是有目的的，目的都是希望人們好。」

「是這樣嗎？」江美芸還是不大願意去相信一個喜歡考驗人的上帝，更何況她最討厭的就是考試了。偏偏老師們好像都很喜歡考試，還喜歡在考試後來個檢討，順便教訓學生們幾句。

看著宣傳單，林曉玲心底冒出一個小小的念頭，對江美芸說：「要不這樣好了，如果妳爸爸沒有空帶妳去，曉玲阿姨陪妳去怎麼樣？」

「真的嗎？」

「當然是真的。」

「不能賴皮喔！賴皮的人會變成癩蝦蟆。」江美芸伸出右手小拇指，和林曉玲的右手小拇指勾在一起，締結了這份契約。

第八章

同學的惡作劇

開了超過十六個小時的計程車，江豐勝累了一整天，等回到家已經是晚上十點多鐘。這時，女兒應該早就睡了。可是江豐勝才換好拖鞋走進房間，就聽見睡在地板上另一張床墊的女兒窸窸窣窣的發出聲音。

「美芸，妳還沒睡嗎？」江豐勝不敢肯定，用微弱的聲音問道。

「嗯……」明明房內也沒有其他人，也不需要擔心會吵到誰，江美芸仍用跟爸爸差不多微弱的聲音回答。

「今天怎麼這麼晚還不睡？」江豐勝將外套掛在牆上的衣架上，跟著脫下穿了一整天的襯衫。用手扭扭脖子，開了一整天的車，脖子幾乎快變成岩石般堅硬。

「就睡不著啊！」

「早點睡，明天還要上學呢！」

江美芸翻過身，睜大眼睛看著爸爸，說：「爸爸，這個週末你有空嗎？」

江豐勝實在感覺太累了，連澡都懶得洗，躺在床墊上，才剛碰到床墊，整

個人就幾乎快要被吸進夢鄉。

「啥？妳剛剛說什麼？」搞了半天，江豐勝根本沒把女兒剛剛的問題聽清楚，一方面是因為江美芸說話的聲音太小，另一方面也是江豐勝已經累得只剩下睡覺這個欲望。

「沒什麼，晚安，爸爸。」

「晚安。」

話不多的一對父女，連互道晚安都不常有。通常當江豐勝回到家，面對著的都是已經跟周公下棋，睡得正香甜的女兒。他不會把女兒吵醒，就讓女兒自在的睡。沉默對兩個人說，是相處在一起的有限時間內習以為常的例行公事。

江美芸放在書包裡頭的那張週末烹飪教室的宣傳單，她最後還是選擇把它放在書包裡頭，沒有拿出來，她不敢奢望爸爸會為她空出時間。

看著倒頭大睡的女兒，江豐勝好像也有什麼心事，翻了幾次身也睡不著，他起身從襯衫口袋中也拿出一張宣傳單。宣傳單上寫著「台北市計程車工會——計程車載客大賽」幾個大字，底下則有一堆規則說明。

望著女兒，想著女兒的未來，江豐勝的手不自覺的對宣傳單多用了幾分力，好像現在就想把這個比賽贏到手。

禮拜五，烹飪教室的前一天，江美芸和青青在操場上玩著盪鞦韆。

「我跟妳說，我這個週末會去參加烹飪教室喔！」江美芸盪得老高說。

「真的嗎？那我們可以一起做烤蛋糕。」青青聽到好朋友要參加，也高興的把自己的鞦韆盪得好似快要衝上天一般。

「妳爸爸後來有空帶妳來喔？」

「不是，有一位阿姨會帶我去。」

「原來是這樣，那太好了。」

「我今天心情好好，我們來比賽盪鞦韆吧！看誰盪得高。」

「好啊！」江美芸和青青，兩人停下鞦韆，一同數數，數到三兩人才能發

力，然後在數到一百之前，看誰盪得高，誰就獲勝。

兩人的鞦韆越盪越高，隨著數字不斷爬升。那片蔚藍的天空，那朵朵像棉花糖般的白雲，好似只要再用力一點就能張手摸到。

「八十、八十一、八十二……」

「我比妳高。」

「哪有？我比較高。」

好久沒有像今天這麼快樂了，江美芸覺得今天的自己充滿能量，可以看一整天的書，寫一整天的數學習題也不會累。

「一百！」數字到了一百，遊戲也跟著結束，江美芸逐漸放慢鞦韆的速度，青青呼吸急促著，臉都紅了，她對江美芸說：「妳好厲害，我輸了。」

江美芸正要答話，她的鞦韆接近靜止，這時她的腳踩在地面上，可地面的觸感和平常不同。

「咦？」腳底下的觸感不是扎實的地面，而是有種軟爛的感覺。

江美芸一看腳底，有團狗屎不知道什麼時候出現在她的鞦韆底下。

「好噁心喔！」青青跳開幾步，她可不想沾到一丁點那噁心的玩意兒。但江美芸避無可避，左腳鞋底整個都踩在狗屎上頭。青青捏著鼻子，其實狗屎的味道沒有那麼臭，但她厭惡的眼神，卻像是一把利刃插進江美芸的心。

「哈哈哈！中計了吧！」楊小晴帶著兩個死黨，從溜滑梯後頭冒出頭來，那團狗屎正是她們做的好事。

「好臭喔！我們都不要靠近她。」楊小晴的死黨還不忘說風涼話。

江美芸把鞋子在操場上的草地用力摩擦，想要把狗屎通通弄掉。她一邊弄，一邊很生氣的看著楊小晴。

楊小晴狡獪的笑著，不懷好意的對江美芸說：「誰叫妳之前把我的麵包弄掉，這只是給妳的小小教訓。」

「我又不是故意的。」江美芸覺得因為一個誤會，屢屢被楊小晴找麻煩，實在感到不值。本來這件事情可以在江美芸的隱忍底下結束，偏偏楊小晴火上加油，說出江美芸最忌諱的話。

「妳這個沒有媽媽的孩子，沒教養！」楊小晴不知道從哪裡聽來江美芸的媽媽已經不在人世的消息，見江美芸畏縮，逞一時口舌之快的對她說。只有媽媽這件事情不允許任何人拿來說，江美芸聽到楊小晴的話，當場氣到極點。青青站在一旁看著這一切發生，也沒有為她說半點話。

說時遲，那時快，江美芸朝楊小晴的方向衝過去。

楊小晴頓時畏懼起來，平常在學校她可是連校長、主任都不敢惹的家長會長千金，第一次有人兇猛的朝她奔跑過來，好像要找她打架。

楊小晴一旁一位死黨，則是見狀便伸出一隻腳。江美芸沒注意到，被腳拐倒，整個人往前撲倒在地。幸好地面是草皮，膝蓋只有微微紅腫，沒有破皮。

「妳想幹嘛？想打架啊？」楊小晴見江美芸跌倒在地，機不可失，又語帶輕蔑的對她說。

江美芸跳起來，她顧不得膝蓋還有些疼痛，打定主意今天就是要跟這個刁蠻的同儕一分勝負。

「不要打架！」青青來不及阻止，江美芸和楊小晴已經打成一團。

江美芸不過十歲，身高還不到一百三十公分，楊小晴因為家裡從小吃的東西營養都很好，才國小四年級就有將近一百六十公分。這場架光就身材應該是沒有任何懸念，但江美芸的意志力驚人，比起根本沒有想過真的會和人打起來的楊小晴，兩人竟然打了一個不分高下。

「妳為什麼要欺負我？」江美芸扯著楊小晴的領子喊。

「我就是愛欺負妳，怎麼樣！」楊小晴抓著江美芸的頭髮，把她壓倒在地。

楊小晴以為靠自己的體重，能夠壓制江美芸，可她太天真了，江美芸忍住頭髮被扯的痛，膝蓋往楊小晴屁股一頂。楊小晴屁股受痛，稍微坐起身就被江美芸從她身子底下掙脫開。

伸長手，江美芸朝楊小晴胸口抓去。楊小晴抓住對方的手，但江美芸已經一把抓住楊小晴的襯衫領子。

拉扯間，「嘶……」很長的一聲，楊小晴的領子連同靠近脖子處的兩顆釦子全被扯下一塊來。衣服的撕裂聲，讓在場幾個小女生都嚇呆了。

「妳這個野蠻人。」楊小晴哭了出來，她覺得自己有生以來第一次受到這麼大的侮辱。旁邊兩位死黨過來安慰她，怒目橫視江美芸。

江美芸茫然的看著眼前三人，她感受到自己急促的呼吸聲。她內心有股很奇妙的感受，好像自己打了什麼大勝仗。跌倒的膝蓋有點痛，被楊小晴扯了好幾下的頭，還有幾處抓傷，全身上下一堆小傷，可是江美芸不覺得難過，面對家庭環境比自己好上千百倍的千金小姐，她覺得自己終於能夠和對方相抗衡。

這一刻，江美芸覺得自己的自卑感一掃而空。接下來發生的事情，她也不感到意外。第一次，爸爸因為自己的關係大白天來到學校，不是為了見她，而是為了跟同學的家長道歉。

校長和訓導主任都在辦公室裡頭，楊小晴的媽媽來到學校，而主任也打了一通電話到車行。車行還花了番功夫，透過電台廣播才在松山區一帶找到才剛把客人送到目的地的江豐勝。

江豐勝聽女兒闖禍，飛也似的趕到學校。

楊小晴的媽媽穿著一身義大利名牌，手上拎著上萬塊的法國名牌包。江豐勝一看就知道是有錢人家的貴婦，這種客人他偶爾會載到幾個。這些貴婦不大喜歡說話，因為計程車司機在她們眼中不過和那些做工、汗流浹背的工人沒有什麼不同。

第九章 新媽媽？

楊小晴依偎在媽媽身邊，楊媽媽指著身上青一塊、紫一塊的江美芸，對校長和訓導主人哭爹喊娘的說：「這個世界是怎麼啦？孩子打成一團老師都不用管嗎？你們看看我女兒被打成什麼樣子。總之，今天你們這些老師不給我一個交代，回頭我一定要跟我老公大大的抱怨。哼！屆時評鑑不好看，可別怪我。」

校長摸著他那油頭，陪笑著說：「楊太太，這件事我們一定會妥善處理，您儘管放心。」說完，他嚴厲的眼神飄向訓導主任，示意要他也跟著賠罪。

訓導主任附和校長所說的，又加上幾句：「楊太太，孩子們打架這件事，身為教師肯定要好好管教，在場的老師們都脫不了責任。不過，孩子們打架肯定有個理由，我們應該先瞭解一下整件事的來龍去脈，再看要怎麼處置。」

「來龍去脈？你們瞎了狗眼啦！怎麼看都是我女兒吃虧，這還需要瞭解個什麼勁兒，快點給我把事情了了。」楊媽媽見訓導主任的意思似乎自己女兒

也有錯，氣得叫道。

校長「嘖」了一聲，他也不是不知道訓導主任對自己不是那麼有好感。但他可不想淌這個渾水，畢竟自己也不願意當一輩子的校長，如果有機會進入政府機關，教育機構當個官兒，這才是他夢寐以求的。

「楊太太，您女兒從小受您和楊委員的言傳身教，肯定和一般孩子大大不同。哎唷！我看您女兒一副聰明樣，今天受了這樣的委屈，實在是本校的老師，包括在下都應該好好檢討。您放心，這件事我一定會給您和小姐一個滿意的答覆。」

雖然覺得訓導主任的回答極為不得體，校長還是露出憨厚的笑臉，不斷跟楊太太賠罪。

江豐勝還沒踏進辦公室，就聽到校長卑躬屈膝的在向對方家長解釋，立馬知道裡頭那位家長肯定大有來頭。進來一瞧，見對方穿著打扮和配件，印證了他的猜測。

為女兒未來著想，江豐勝心想絕對不能硬碰硬，唯一的選擇就是忍，畢竟忍過這一時，才能讓女兒在未來求學路上不會受到老師們的排擠。

江美芸見到爸爸，原本倔強的臉鬆懈不少，她想「終於出現一個可以信賴的人」。可是江豐勝並沒有馬上表現出站在女兒這一邊的樣子，他沒有多問事情的因由，和往常一樣，他認為自己得為女兒的未來想。

「很抱歉，楊太太，請您原諒我管教不當。」

江豐勝的答案，符合了在場眾人，除了自己女兒江美芸以外的心意。

「爸爸，你為什麼要跟她們道歉？明明就是她先欺負我的。」江美芸覺得莫名其妙，為什麼爸爸要跟楊小晴和她媽媽道歉。如果不是楊小晴三番兩次找自己的麻煩，她又怎麼會無緣無故跟別人打架。

「住口，不要再說了。」

江豐勝咬著嘴唇，他的表情何嘗不痛苦，他內心又何嘗不明白女兒的個性，他知道女兒絕對不會做出故意傷害人的行為，只是面對現實情況，他必

須同女兒忍受誤會。

「爸爸……」

江豐勝那張扭曲的臉，江美芸看在眼底。她以為可以讓自己依靠一輩子，堅強的爸爸，就這樣像棵被颱風吹過的松樹，整棵松樹卑躬屈膝的向著趾高氣揚的楊家母女，正義和善良都被吞進黑暗中。

這一刻，江美芸覺得這再也不是過去那位她敬愛的爸爸了，而是跟學校老師們一樣，碰到強權就軟弱逃避的普通人。

江美芸渾身顫抖，她覺得自己更加孤獨。她很氣，氣爸爸為什麼不幫自己說話。用顫抖的嘴唇，江美芸說：「我沒有錯，不是我先欺負她的。」

哽咽的聲音，讓江美芸的話沒有辦法清晰的吐出每個字。江豐勝把女兒的話都聽得清楚，其他人則只能略為分辨其中一些。

「主任，按照校規打架該怎麼處置？」校長對訓導主任說。

「應該要記大過，留校察看半個月。」

楊媽媽得了便宜還賣乖，假好心的說：「人家女兒才四年級，懂得什麼校規。更何況做父親的都那麼誠懇的道歉了，我們如果不回應，好像我們倒失禮了。記大過聽起來挺嚴重的，就隨便記幾個小過吧！」

「楊太太，您真是明理人啊！記過對於學生的未來都會有影響，您寬宏大量實在是家長的典範啊！」校長對楊媽媽比大拇指說。

「我老公怎麼說也是位家長會長，我這個做妻子的當然要懂點教育囉！」楊媽媽說。

「那這件事就記兩個小過，留校察看一個禮拜。校長，您以為如何？」訓導主任面無表情的說。

「楊太太您覺得呢？」校長身子微微前傾，面對應該要他定奪的事件，他竟然請示學生家長。

「罷了，就這樣吧！」

楊媽媽懶得多說，帶著氣呼呼的女兒，連正眼都不看江豐勝和江美芸一

眼。在校長的陪伴下，轉往校長室泡茶去了。

訓導主任臨走前對江豐勝說：「不好意思。」

「沒什麼不好意思的。」江豐勝這麼說不是客氣，而是不以為然，畢竟事實擺在眼前，學校不打算公正的處理這件學生之間的衝突。對於訓導主任那句「不好意思」，他也以為根本不是出於真心。既然不是出於真心，那又何必說。

「美芸，我們回家。」江豐勝摟著女兒的肩膀，想帶女兒回家休息，冷靜冷靜。

「我不要！」江美芸哭著跑出辦公室。

江豐勝追了出去，她抱住女兒，說：「美芸，有些事情小孩子不懂，妳現在不明白，以後有一天妳就明白了。」

「我不明白，我不明白為什麼對的事情會變成錯的，為什麼錯的人卻變成對的人。你們大人都好奇怪，我不明白，我不明白！」

江豐勝盡力安撫女兒，可這一次女兒怎麼都不聽他說，無奈之下，江豐勝只好說：「我也不知道該怎麼跟妳解釋才好，總之爸爸是不會騙妳的，而且會永遠站在你身邊。唉！妳也知道爸爸不大會說話。」

「爸爸，你就別管我了，去工作吧！」

江美芸拉開爸爸摟著自己肩膀的手，落寞的想要回到教室。教室裡頭正上著她討厭的數學，可是現在能夠暫時離開爸爸身邊，她覺得也不錯。

江豐勝想了想，有些話得等到女兒氣消之後再說才有意義，也只好任憑女兒回教室。

再一次，江美芸來到聚會所。這天沒有團契，聚會所內僅開著幾盞黃澄澄的小燈，供奉聖母像和十字架前面那張桌子有好多蠟燭，微弱的燭光搖曳。

江美芸走進去，林曉玲正在禱告，她見到江美芸紅腫的眼睛，正要問。但江美芸沒有要解釋的樣子，林曉玲想問的問題提到喉嚨，又吞了下去。

江美芸坐在林曉玲身邊，靜靜的說：「阿姨，如果妳的孩子今天被人家欺負，妳會怎麼做呢？」

林曉玲想了想，說：「我會保護自己的孩子，無論對方說什麼我都會跟孩子站在同一邊。」

「阿姨，我可以抱妳嗎？」

「當然可以。」

江美芸抱著林曉玲，頭埋在她的胸前。林曉玲感受到江美芸瘦小的身子微微顫抖，她輕輕的拍著江美芸的背，像是在哄她入睡。

「如果妳是我媽媽就好了。」江美芸喃喃自語。

「什麼？」林曉玲沒聽清江美芸埋在她胸口所說的話，但江美芸沒有重複第二遍，她也就沒再追問。

隔天，江美芸牽著林曉玲的手，出現在烹飪教室。

楊媽媽和楊小晴見到她們，驚訝不已，她料想不到竟然隔不到二十四小時又會見到江美芸。

更讓她意想不到的，就是江美芸理當沒有媽媽，可此時身邊卻出現一位像是媽媽一樣的人。

「抱歉，我遲到了。」

沒等楊媽媽和楊小晴從驚訝中轉醒過來，林懷恩走進烹飪教室，來到妻子和江美芸身邊。他今天特別空出一個上午，要陪妻子和美芸上烹飪課。

烹飪老師是外聘的老師，她當然不清楚茶壺裡頭的風暴，見人員到齊，雙手一拍，說：「我們開始吧！」

第十章 戶外教學

做蛋糕是很有趣的一件事，尤其和兩位大人一起玩。

江美芸、林懷恩和林曉玲，他們做出來的蛋糕，黑漆漆的加了很多可可粉。

林懷恩在車行是優秀的司機，但對於烹飪、做蛋糕這些事情他一竅不通，比起江美芸還笨手笨腳許多。

「美芸，妳的手藝不錯呢！」林曉玲稱讚江美芸說。

江美芸認真的將奶油擠成五角形的條狀，裝飾著蛋糕。

自從母親過世後，她很早就開始學習自己照顧自己，也包括如何下廚。爸爸沒有時間照料她，她知道怎麼簡單為自己煮一碗麵等等簡單的手藝。

做蛋糕和煮飯炒菜比起來，沒有難多少。

對照之下，楊小晴和她的媽媽做蛋糕的過程則是一場災難。

烹飪老師來上課前就聽主任提過這兩位貴客一定要好好特別對待，可是楊媽媽平常在家根本不下廚，她出身政治世家，從小嬌生慣養的根本不需要下廚。

嫁到楊家，老公也是在家裡備了傭人、司機和廚師。平常想吃什麼、喝什麼，只要跟廚師說就一切搞定。

課程中，就聽這對母女倆尖叫聲連連。

「哎唷！這蛋怎麼這麼脆，一敲就破啦！」

「媽，妳到底會不會攪拌麵粉，妳看麵粉都變成一塊一塊的啦！」

烹飪老師在一旁協助著，幾乎寸步不離，其他在場的家長聽著烹飪老師教授的步驟，按部就班很輕易的就把蛋糕模型做出來，可烹飪老師大費周章，這才把被楊小晴和母親荼毒的蛋糕模型勉為其難的弄個簡單雛型出來。

把蛋糕模型送進烤箱，由家長和學生組成的學員們彼此寒暄起來。

有點類似分成升學班、中段班與後段班的情況，不同社經地位以及不同班級的家長們三五成群的自動分類，彼此之間井水不犯河水。

林懷恩和妻子以及江美芸不屬於任何一群，三個人坐在教室外，連接大操場的走廊上，看著操場和天空聊天。

「謝謝你們陪我來。」江美芸說。

「幹嘛那麼客氣，叔叔能夠來，很高興呢！」林懷恩對江美芸說。

「老公你真的太少下廚了，要不是有我和美芸在，我看我們今天都沒有蛋糕可以吃了。」

林曉玲不忘取笑老公，拿起還沾有奶油的手，在林懷恩的鼻子上輕輕抹了一道。

「叔叔、阿姨，你們感情好好。」江美芸說。

「感情不好就不會在一起了。」林懷恩和妻子相視而笑，說。

「你們有小孩嗎？我從來沒聽你們提過。」

「叔叔和阿姨沒有孩子。」林懷恩對江美芸說。

「怎麼不生一個呢？」

林懷恩望向妻子，林曉玲也望著老公。對於人生中的這個事實，他們選擇

接受。

如果沒有宗教的力量，或許今天她們沒有辦法這麼陽光的出現在任何社交場合。

有些事情，對於孩子來說太沈重了。

林曉玲用她以為孩子可以理解的方式，說：「阿姨很想要孩子，也很想幫叔叔生一個孩子。可是，阿姨的身體不好，醫生建議我們不要輕易做這件事。」

「所以每一個孩子都像是一個奇蹟，因為不是那麼容易就能擁有一個孩子。」林懷恩接在妻子後頭說。

「阿姨人那麼好，還是自己健康比較重要，這樣以後我們才能經常見面、聊天。」江美芸似懂非懂，對林懷恩和妻子說。

林曉玲摸著江美芸柔順的秀髮，她一直都很喜歡小孩，可是礙於自己的身子不爭氣，老是只能看別人的孩子過癮。

可自從那天在聚會所附近與江美芸相遇，她每次和江美芸接觸，就對江美芸有多一分好感。不知不覺地，她覺得江美芸就像自己的孩子，而自己就像江美芸的母親。

林懷恩何嘗不清楚妻子的心意，只是事實上江美芸是別人家的小孩，有另外一個屬於她，孕育她長大成人的家庭。

「就沒有其它方法了嗎？」江美芸問，在孩子的想像中，應該沒有任何一件事情是不可能的。

世界上可能有飛馬，有尼斯湖水怪，還有來自水星、火星、木星、土星等行星的外星人。

「方法也是有，但有的可能要花很多錢和時間，並且不見得有效果，還會讓阿姨很辛苦。有的方法雖然比較簡單，可是……」林懷恩越說越小聲。

「簡單的方法是什麼？」江美芸覺得好像快要聽到某個有趣的答案，高聲問。

「領養一個孩子。」林曉玲幫丈夫把沒說完的話補上說。

「是像故事書《長腿叔叔》那樣嗎？」

江美芸套用她喜歡的故事來聯想，她覺得領養聽起來似乎挺浪漫的。殊不知在大人的世界，領養可得費一番工夫，並且不是每個人都能夠那麼輕易的接受一個跟自己沒有血緣關係的孩子。

「夥伴們，蛋糕烤好囉！」

當大家在外頭談天說地，烹飪老師盯著烤箱的變化，見時間差不多，走到教室外頭對大家說。

家長們帶著孩子走回烹飪教室，也不知道剛才這段時間楊媽媽對熟識的家長們說了什麼，幾位家長走進教室後，都對江美芸指指點點。

林懷恩感受到周圍的氣氛，但他前一天已經聽過妻子轉述江美芸在學校受到欺負的情況，所以他並沒有將這些異樣的眼光放在心上。

烹飪老師也感受到氣氛有異，可她故意裝傻，心想：「趕快結束這個課程，拿錢走了。唉！現在的家長有時候比政客還可怕。」

江豐勝晚上回到家，餐桌上有一大塊，約莫四分之一圓的巧克力海綿蛋糕。他狐疑的看著蛋糕，以為自己眼睛是不是有問題。他平常也沒給孩子零用錢，怎麼也想不透蛋糕打哪裡生出來。

江豐勝捏了一小塊放進嘴裡，蜂蜜與巧克力濃稠的滋味在嘴裡化開，他一雙眼睛瞇得僅存一條線，忍不住說：「好香濃的蛋糕。」

開了一天的車，有蛋糕可以吃真的太棒了。江豐勝用不到三分鐘的時間，就把整塊蛋糕吞下肚。

全部吃光後，他才想到：「該不會這是美芸明天的早餐吧？還是她特別留下來要明天吃的甜點？」

江豐勝想，孩子留下這麼一大塊蛋糕不吃未免可惜，他知道女兒喜歡甜食，或許這塊正是特別留給自己。

剛剛的注意力全被蛋糕吸引，江豐勝拿起裝蛋糕的盤子要去廚房洗，這才見到盤子底下有一張小卡片。

打開卡片，江豐勝讀著女兒在卡片上寫得歪七扭八，還不是很能控制的國字。

親愛的爸爸

祝你生日快樂，祝你生日快樂，祝爸爸生日快樂，祝你生日快樂。爸爸，不管是不是生日，都要快樂喔！

最最愛你的美芸

「哈！對呢！今天是我的生日。」

江豐勝連自己的生日都忙到忘了，可是女兒還記得。這塊蛋糕，正是女兒給自己的生日禮物。

這也是為什麼當江美芸聽到青青說有烹飪教室，她會那麼積極想要去上的原因。因為雖然自己沒有錢，江美芸還是希望自己能夠爸爸做些什麼。

一塊蛋糕，說明一個家庭不是只有爸爸照顧女兒，偶爾女兒還會反過來照顧爸爸。

讀完信，江豐勝咀嚼著口中還沒散去的味道。他覺得今天這塊蛋糕，是他這輩子吃過最好吃的蛋糕。

隔天一早，江美芸見到爸爸的回禮，一塊煎好的蛋餅，這是江豐勝最拿手，也是唯一拿手的料理。

撒滿蔥花的蛋餅皮，淋上醬油膏，這天早上終於不再是土司加果醬。

看見空空如也的盤子，整塊蛋糕看來都被老爸吃下肚，江美芸覺得好有成

就感。

帶著滿滿的喜悅，江美芸得以拋開前幾天和楊小晴衝突所造成的裂痕。

「爸爸還是在乎自己的」，偶爾會有懷疑，但這一刻江美芸找回那份相信。

可是，有些東西不如自己所想，有些事情也不是一塊蛋糕或是一片蛋餅可以解決。

這個禮拜的第一天上課，許老師就丟了大難題給她。

「各位同學，兩個禮拜後的禮拜三我們有戶外教學，要去三峽老街。請各位同學繳交五百塊的戶外教學費用，這筆錢包括平安保險費以及在三峽吃阿婆壽司，還有藍染的費用，請在本週三之前交到總務股長那裡去。有問題的人，麻煩下課跟我說……」

「戶外教學，好想去喔！」

江美芸念小學以來，只有一、二年級是大家一起從學校出發用走的走去不遠的地方，她還有參加過。

但要搭車遠行的戶外教學，江美芸就沒參加過。所以三年級到烏來的戶外教學，江美芸便沒有參加。因為她不知道該怎麼跟父親開口，就像現在。

「三峽去過好幾次了，看來今年戶外教學又會很無聊。」

青青對江美芸說，畢竟三峽是台北一般家庭出遊多少都會去個幾次的景點。

江美芸對於三峽則是很陌生的，可是她還是附和著青青。但心底，她卻有無限嚮往。

第十一章

我要快快長大

什麼樣的兩個人，可以無條件的接受對方一再失約，又能無數次的給對方機會？或許只有彼此相愛，超越了普通人爾虞我詐的人際關係，才有辦法達到這種無私的境地。

這種愛在社會中並非隨處可見，唯獨打開一戶戶人家的門扉，有血緣關係的親人間特別常見。這一天，對江豐勝和江美芸又是新的開始。

江美芸原諒父親，還送給父親一個生日禮物，雖然不是花錢買的，而是自己和林懷恩叔叔與曉玲阿姨親手做出來醜醜的蛋糕，可是見到爸爸把蛋糕吃得一乾二淨，江美芸心中有說不出的歡喜，她想著今天放學後一定要跟叔叔和阿姨分享。

可是在學校等著江美芸的，卻是那現實的問題。長得像是饅頭，又留著小平頭，活像海苔飯糰的總務股長，第三節下課的時候走到江美芸位子旁邊，對她說：「江美芸，交錢！」

「交什麼錢？」江美芸楞了兩秒鐘，才說。

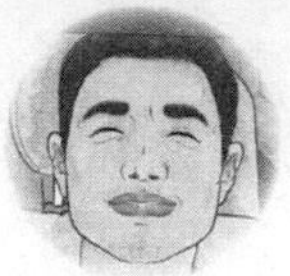

「戶外教學的錢啊！」總務股長不耐煩的說。

「那個我明天再交可以嗎？」

「可以是可以，不過要快，免得我被老師罵。」總務股長搖晃著他那顆飯糰腦袋，左晃右晃的找下一個小朋友「討債」去。

「他還真適合當總務股長。」青青對江美芸說。

「是啊！他很盡責，才禮拜一就開始催大家繳錢。」江美芸回答。眼珠子轉了一圈，問道：「青青，妳有去過三峽嗎？」

「有，每年爸媽幾乎都會帶我們去個兩三次。哎唷！台北不就那幾個地方可以去。三峽、鶯歌，要不就是動物園、烏來之類的。對了，還有碧潭……唉呀！去到都膩了。」

「是啊……」江美芸假裝附和好友的抱怨，但她心裡對這些地方其實都很陌生。

弔詭的是，整個大台北沒有什麼地方是江美芸的計程車司機老爸沒去過的，哪一個台北人喜愛的出遊景點，身為計程車司機的他沒跑上百八十遍。尤其在假日，可以一天載到三組以上要去那幾個大台北固定景點的客人。可是，江豐勝卻沒有載過自己的女兒到過這些地方。

「哈啾！」江豐勝在正正車行門口，才剛把車子洗得亮晶晶，也沒有風吹過，不知怎麼的打了個噴嚏。

阿明則是剛剛去附近加油站加油，順便買包菸，見江豐勝在風和日麗的大白天打噴嚏，打趣的說：「嘿嘿！有人在說你的壞話喔！」

「胡說八道，我要上工了，中午要是人剛好在這一帶，就一起吃個便當吧！」江豐勝收拾好水桶和抹布，對阿明取笑他的話不置可否的回應說。

正正車行方老闆是位憨厚的退休公務員，剛好親戚有人在經營計程車行，他退休後就順手接了。老闆是個連車都不大會開的人，對於經營計程車行也沒有太大的野心，只是讓日子順順的過下去。

也因此，正正車行的規模始終沒有壯大，反觀附近的大業車行，旗下司機

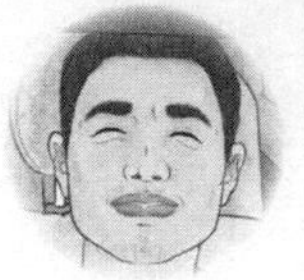

每年增加好幾位，出外排班的待遇，以及在有關單位底下打通關節的難易度有著天壤之別。

不過，方老闆正派的經營理念，倒也讓正正車行一直有著固定的客群以及不錯的名聲。雖然司機不多，車輛也不到兩位數，可是在業界的評價始終不錯。識貨的人就會點他們公司的車，只可惜識貨的客人始終比不上貪小便宜、容易受廣告影響的客人多。

江豐勝出車前，方老闆特地過來和他聊了幾句，他知道江豐勝一個人養育女兒十分辛苦，對於旗下這位平實的青年要參加這個年度的台北計程車業績比賽，他內心知道以江豐勝的個性，要獲勝很困難，可是他還是想要為這位年輕人打打氣。

「阿勝，最近生意還好吧？聽說你要參加業績比賽，那可是為我們車行爭取榮譽的大好機會。不過參加比賽志在彼此砥礪，得獎什麼的倒是小事，凡是盡力就好，知道嗎？」方老闆說話的態度，就像一位和藹的長者在提點年輕人。

「這我知道，總之我會盡全力，肯定不會讓您失望。」

「成敗除了自己努力，也要看老天幫不幫忙，所以人只要盡了人事，剩下就聽天命，這樣才不會給自己太大的壓力，處理事情也才不容易犯錯。」

「謝謝老闆提點，我會注意。」

方老闆是位明眼人，看也知道江豐勝壓根兒沒把他的話給聽進去，可方老闆也不生氣，畢竟他知道年輕人總是有許多自己的想法，更何況當有一個極為明確的目標，像是要給女兒一個好的生活，江豐勝根本什麼都顧不得了。

「阿勝真衝啊！我也要向他看齊。」江豐勝車子開出車行，展開一天的工作，阿明看著江豐勝的車尾巴，對方老闆說。

「呵！你要是有他一半認真就好囉！」方老闆乾笑兩聲，說。

計程車業績大賽正是從今天開始，為期一個月，總共三十天，全台北的車行底下的司機都能自由參加，一個月內要結算誰的業績最多，最多的人就能

抱走六萬塊的獎金。

有了六萬塊，基本上國中三年，再加上公立高中三年學費，理論上都不用愁了。這就是江豐勝那麼想要獲勝的原因，他以為只有靠教育，靠女兒努力往上唸，才能改變一家人的命運。

此外，業績比賽最有趣的地方在於這不是運動競技，不是賽車比快。開得快，時間開得長，不見得業績就比較好。除了要熟悉大台北的環境，以及人們的通勤習慣之外，還是要看各自的運氣。如果運氣好，載到幾個長途旅客，一天下來可以賺到的錢，就比運氣不好，整天下來只接到客人小貓兩三隻的司機多得多。

大業車行的車手已經蟬聯這個比賽的冠軍三年，而這是業績比賽有些不公平的地方，那就是如果車行規模夠大，大到有配備無線電系統，那對於比賽就大大有利。因為只要靠著司機們彼此協助，告知特定司機哪裡有客人要載，或是把預約和來電的客人轉給特定的司機，那麼就能幫特定司機的業績

往上衝。

當然最後分紅給大家是一定要的，可是贏得這項榮譽，對於工作大有幫助。

哪一位客人不想給拿過第一名的司機載呢？

林懷恩是前年第三，更是去年冠軍，他一派悠閒的在每天上班前先進行禱告，然後才展開一天的工作。或許禱告真的有幫助，他每天總是能夠有一定的收穫。

江豐勝這個早上繞了一個多小時，還沒接到半個客人，平常這種情況也不少，但比賽第一天，成績就如此低迷，他不免有些著急。

「唉！是不是該換個地方試試呢？可是哪裡還有比這一帶公司林立更加有利的位置？」江豐勝猶豫著該不該換個位置，於是又把八德路頭尾開了一遍。

「太好了，對街有位提著公事包的客人！」江豐勝見機不可失，於路口要

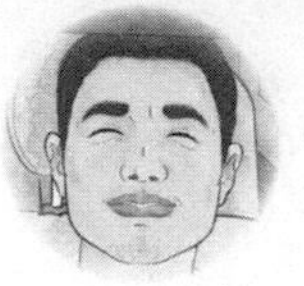

來個迴轉，迎接這位今天的第一個客人。

可是江豐勝還是慢了一步，一輛計程車順向過來，停在那位提公事包的客人旁邊。江豐勝透過車窗，他見那位司機長得挺斯文的，像是沒有刻意搶客人的意思，只好摸摸鼻子繼續往前開。

當老爸在工作上有苦難言，江美芸坐在班上，正在對著作文本子發愁。「我的願望」，簡單四個字，大多數同學都在奮筆疾書，可江美芸遲遲無法下筆，她對於這個題目，甚至可以說是一個問題根本沒有真正思考過。

江美芸偷瞧了青青的作文本，青青的願望是當一位空服員，就像媽媽一樣。每天穿得漂漂亮亮，然後可以到世界各地體驗各地不同的人文風情。在眾人眼中，她的媽媽有氣質、又漂亮，而且總是會帶歐洲或是美國的巧克力回家。

青青寫了一大串，江美芸看了半天，沒有見到什麼她熟悉的描述，又轉向另一邊看一位男同學的作文。

那位男同學在班上功課不錯，他的作文中表示以後要當愛因斯坦，要創造出可以飛到火星的火箭，然後可以載大家到宇宙的每個角落玩。

和青青的相比，這位男同學的願望未免有些天馬行空，江美芸見了覺得也不錯，但其他人寫得不錯，終究是其他人的想法，但作文課要表達的是自己的想法。

咬著鉛筆，江美芸思考了半節課，終於勉強寫下一行字。「我要快快長大。」寫下這幾個字，她的思路彷彿一下子打開了，跟著寫下更多的願望。「長大以後我就能幫家裡賺錢，如果我多賺一點錢，爸爸就能少賺一點錢，這樣爸爸就有時間可以陪我了……」

第十二章 誤點的公車

當同學們都在埋首寫作文，許老師在教室裡來回走動，不時看著每位孩子有沒有確實在寫作。

經過江美芸身邊，她見到江美芸寫下的那幾行字，不自覺的停下腳步，跟著江美芸寫下的字句讀著。

江美芸發現老師站在她旁邊看她寫作文，不好意思的用手遮住自己寫的部份。

許老師柔聲說：「寫的很好啊！繼續。」

江美芸把手打開一點，但還是遮住老師大半視線，另一隻手則繼續搖動筆桿子。

許老師不想影響江美芸寫作的靈感和動作，偷偷取笑著孩子的天真，繼續往下一位同學的作文看過去。

「呼……」

江美芸鬆了一口氣，這時視線一轉，總務股長正在抓著他那像是飯糰上的

海苔平頭。

江美芸想到賺錢還是遙遠未來的事，現在眼前的當務之急是找到交戶外教學五百塊的門路。

「哈啾！」

江豐勝的運氣才剛好轉，剛送一位到市政府辦公的太太下車，這時又沒來由的打了一個噴嚏。

「奇怪，今天是怎麼了，哪來這麼多噴嚏可以打？」

江豐勝從後視鏡中檢視自己的臉，想不出自己看起來健康的不得了，怎麼今天接二連三的打噴嚏。

業績一點一滴的在成長，江豐勝覺得這樣賺錢實在太慢了，可是他也想不出有什麼好辦法，腦海中飄過的盡是他覺得愚蠢的主意。

「是不是應該問問阿明，最近哪邊有什麼喜宴，還是大攤的活動，可以接送許多客人？唉！阿明提供的地點都是些三教九流的人，不要又有小姐吐在我車上就好了。」「可惜我們公司沒有無線電，不然透過無線電就可以知道哪裡有人在等計程車。可是沒有就沒有，想也沒有用，方老闆他說什麼也不可能裝的吧……」

在市政府送客人下車後，江豐勝的生意隨著中午時分到來，又陷入另一個瓶頸。

「我就不信邪。」

忍受著肚子餓，江豐勝也想把握任何一點寶貴時間衝刺業績。他開著車在台北市熱鬧的區域打轉，等待客人上門。

一間中餐館門口，一對老夫婦走出來，伸手要攔計程車。江豐勝在五百公尺外見到他們，油門一催就要往前接下他們。

無巧不巧，剛好在慢車道有輛計程車的司機也見到同一組客人。江豐勝在快車道，想切入人行道旁當然不容易，這組客人又是硬生生的被別人接走。

「搞什麼鬼！」江豐勝懊惱的用右手用力拍了方向盤一下。更讓他不高興

的是當他仔細一瞧，這位司機竟然跟早上搶走他第一位客人是同一位司機。

江豐勝暗暗對自己發誓：「如果這個兔崽子今天第三次劫走我的客人，我肯定要給他好看。」

有時候人真的不能太鐵齒，因為當老天要跟你開玩笑的時候，你永遠都不會知道那個玩笑會開得有多大。

江豐勝後來雖然又接了幾趟客人，但都是短程客，金額不到一百塊就下車，這樣轉下去，一天下來的油錢和生活費攤一攤，根本衝不了太高的業績。

對計程車司機來說，下班、下課時間是另外一個業績的高峰，無可奈何的江豐勝等待著這個時段。

他想只要把握住這個黃金時段，接幾個剛好要從市區到郊區的客人，就能一下子把情勢扭轉過來。

這時江豐勝想到今天剛好劫走自己兩組客人的那輛計程車，他可不想再碰

到同一個人，於是刻意避開早上和中午經過的路，往天母方向開過去。

他想那輛計程車應該是專門跑東區、火車站一帶，自己來到天母，應該就不會再跟那輛計程車司機的路線有所重疊。

明明做出讓步，事情卻沒有如江豐勝所願。

天母美國學校外，一大批放學的學生和家長聚集在校門口，接連幾輛計程車遠遠的就被招呼下來。江豐勝見只要再過兩輛就會輪到自己，樂得在車子裡頭打拍子。

當江豐勝的車開到美國學校校門口前，真有一位白人婦女，帶著揹書包的混血小男孩走過來要搭計程車。

江豐勝不懂英文，見到有外國人要搭他的車，一時之間嘴裡不俐落的不知道該說什麼才好。

對方在車窗外見江豐勝有點不知所措的樣子，本來要打開車門的手又縮了回去，選擇了後面那輛計程車。

透過後照鏡，江豐勝不敢相信自己的眼睛。

「這……騙人的吧！」後頭那輛計程車的司機不就是今天跟自己已經冤家路窄兩次的那個人。

江豐勝實在受不了了，他覺得今天實在倒楣，而且發生兩次也就罷了，竟然發生三次類似的事件，他不得不懷疑是不是有人存心要跟他唱反調。

打開車門，江豐勝走到後面那輛計程車的駕駛座旁，用手指輕輕敲了車窗幾下。

「有什麼事嗎？」

搖下車窗，那位司機正是林懷恩，他疑惑的看著江豐勝，他看得出江豐勝似乎心情不大好的樣子。可他也不是第一天出來工作，沒那麼容易被嚇倒。

「老兄，你是故意的嗎？今天你已經連續兩次把我先看到的客人給接走，今天這個已經是第三次了。開計程車也有開計程車的行規，你不知道這樣很不禮貌嗎？」江豐勝用極為壓抑的語氣對林懷恩說。

林懷恩聽江豐勝說完，反倒覺得眼前這個傢伙根本是存心找碴，他自己根本不記得有搶過誰的客人，但偶爾會遭遇這種糾紛，也沒什麼了不起。

林懷恩板起面孔，說：「這位大哥，我真的不知道你在說什麼，我好好的在開我的計程車，沒有意思要找誰的麻煩，請你不要誤會好人。」

「誤會好人？你是好人，那我是什麼？」江豐勝聽林懷恩似乎意有所指的在說自己不是好東西，拉高聲調說。

坐上林懷恩車的美國女士，見他和江豐勝談話有些火藥味，十分不耐煩的對林懷恩用英文催促道：「先生，我趕時間，如果你不載我，我現在就下車找別輛計程車去。」

林懷恩入行多年，接送客人的基本英文他沒有聽不懂的，就算聽不懂，看客人一臉不高興也能猜到是什麼意思。

趕緊回頭對那位女士賠笑說：「SORRY，我們現在就走。」

林懷恩不打算再跟江豐勝糾纏，放下手煞車，排檔打入一檔，準備要出

發。

江豐勝見林懷恩不甩他，現下要走人，一時氣憤的丟給他一句話：「有本事跟我分個高下，看誰在今年的業績比賽中能夠獲勝。」

「呵呵！歡迎！你可以去四處打聽大業車行的林懷恩是何許人，我期待一個月後能聽見你的大名傳遍台北市的計程車司機。」林懷恩淡淡的笑說，態度不是輕蔑，卻有著充足的自信。

聽到「大業車行」的名號，江豐勝就知道對方不是好惹的，退後一步才發現車門上塗有「大業車行」四個大字，並且有００１的編號。

他暗暗說：「乖乖，編號００１，這不是表示這個人是大業車行去年業績最佳的司機？」

發現自己賭氣要比賽的對象不是普通人已經來不及，但江豐勝可吞不下這口氣，雖然眼前的這個人和自己不同，不是入行未滿一年的半個菜鳥，江豐勝仍下定決心要戰勝對方。

「我得給孩子當個好榜樣！如果現在認輸了，社會上多得是比自己厲害的人，難道下一次也要認輸嗎？」

江豐勝不知道自己哪來的勇氣，可能是林懷恩展現出跟他不一樣的氣質，一股讀書人的氣質，而這是江豐勝一直很在意的一件事。

林懷恩將美國母子送到目的地，又回到繁忙的市中心。

這位美國女士用錢很大方，林懷恩本來要找她五十塊車資，對方很大方的請他收下。

多了這一點小外快，林懷恩想該怎麼花才好。他想到江美芸這個可愛的小女生，於是往世豐國小開去，果然在路上見到江美芸和一位女同學正在國小附近的公車站等車。

「美芸，要回家嗎？」林懷恩的車放放速度，停在江美芸與友人等車的公車站旁。

江美芸聽見林懷恩的聲音很欣喜，笑著說：「沒有啦！陪我朋友去等

車。」

青青烹飪課當天見過林懷恩，問美芸說：「這是妳爸爸嗎？」

「不是，他是懷恩叔叔。」江美芸說。

「那烹飪課那天的女士，是誰？」

「那是叔叔的妻子，曉玲阿姨。」

青青沒再多問，但她心裡覺得真的有點奇怪，烹飪課江美芸竟然沒有跟自己的父母來，而是跟其他人參加。

「唉！公車怎麼還不來？」青青肚子餓了，想要早點回家吃晚餐。

「小妹妹，妳家在哪兒呢？」

「我要回士林。」

林懷恩車上的收音機傳來最新的路況報導，林懷恩聽見附近有大卡車和轎車發生擦撞，交通塞成一團的新聞。他的腦海浮現那條路線，正巧和青青要等的公車路線重疊。

「上車吧！叔叔送妳們一程。」林懷恩對江美芸和青青說。

青青本來有點猶豫，可是江美芸第一個跳上車，她見了也就放心的上了車。

林懷恩的熱心，讓青青留下好印象，而江美芸本來就對懷恩叔叔和曉玲阿姨的印象很好，每次跟他們在一起，都有種像是一家人的感覺。

正在拼搏的江豐勝，他不知道自己較勁的對象，卻是女兒心目中尊敬的大好人。

第十三章 我也想要當第一名

「美芸，等一下到我的辦公室來。」許老師下課前，對江美芸說。江美芸可不喜歡到辦公室去，那邊太多老師了，而她不怎麼喜歡跟老師打交道。

在她的印象中，被老師找去肯定不是什麼好事。

走進辦公室，江美芸做好被老師責罵的準備，儘管自己實在想不到有什麼可以被責罵的事情。

「昨天有乖乖掃地。」「上禮拜當值日生也沒有忘記擦黑板。」「難道是我上數學課偷偷打瞌睡被老師看到了嗎？」……怎麼想都不明白，江美芸猜不中老師的心意，一副準備束手就擒的樣子。

許老師見江美芸有些緊張，她孩子看得多了，知道小朋友難免胡思亂想，於是請江美芸坐在她旁邊，然後拿出江美芸的作文本，對她說：「美芸，妳還記得前兩天寫的作文嗎？」

「記得，〈我的志願〉。」江美芸說。

「妳以前或是現在有在補作文嗎？」許老師一面說，一面當著江美芸的面把江美芸的作文本翻閱了幾頁。

「沒有，老師……我寫得很糟嗎？」江美芸的音量漸漸微弱，她對自己沒有太多信心。

「恰恰相反，老師覺得妳寫得很棒呢！雖然筆順有點問題，還有些標點符號使用不正確，可是妳的作文寫得很有自己的想法，平實中卻又能把自己的想法說得很清楚。和其他孩子比起來，是一篇成熟的作品。」

「真的嗎？」

江美芸第一次被老師稱讚，高興的都快要跳起來。

「呵呵！看妳樂的。」

許老師見江美芸開心的樣子，感染到她的喜悅，也笑出聲。又說：「老師知道妳家的家境不大好，總務股長有跟我報告到現在妳還沒有交戶外教學的五百塊。不過，老師有一個方法可以幫妳。」

「什麼方法？」

江美芸對於自己繳不出戶外教學的錢始終想不出好辦法，現在老師不但稱讚她，還要幫她想辦法，急促的問許老師。

「下學期有台北市的國小國語文競賽，但在賽前我們學校會有中年級組的選拔賽，老師想推薦妳去參加。如果妳得到參加全市比賽的資格，立刻就能收到五百塊的獎學金，到時候妳就可以用這筆獎學金付戶外教學的錢。」

江美芸本來抱著很大的希望，現在又不敢說話了，她沒有信心能夠贏得老師說的選拔賽。

「老師，難道沒有其它方法嗎？」江美芸抱著一絲希望，問許老師說。

「美芸，不是每個人都有這樣的機會參加作文比賽，擁有爭取獎金的權利。老師很希望妳能夠透過自己的努力去贏得這份榮譽，所以我建議妳就接受下來，趁著短短不到一個禮拜的時間好好準備。」

「才不到一個禮拜……」

「本來老師要叫其他同學參加的，但他們的作品沒有妳的實在，更何況老師也希望妳能夠跟大家一起去戶外教學。」

「我知道老師是為了我好，可是……」

許老師打斷江美芸的話，直率的說：「總之機會不是總會落在一個人身上，妳要就要，不要就算了。」

許老師用了一點激將法，她其實並不打算把機會交給其他人，可是她見到江美芸總是信心不足的樣子，想趁這個機會激勵她。

「我明白了，我會好好準備。」

江美芸的眼睛一下子睜大，對於這個任務，她決心接下。反正情況不會更壞了，大不了就是不能跟青青和其他同學去戶外教學。可是只要自己能夠獲勝，就可以不用跟爸爸拿錢，還能跟好友與同學出去玩。三峽，那是她做夢都不敢想的地方。

尤其在聽到有同學說三峽有很多有趣的陶藝工坊，更增添她對三峽的好奇

心。

見江美芸接受任務，許老師拿出一本名為《有趣的一百則小故事》的書，交給江美芸，叮嚀說：「這本書妳趁選拔之前把它看完，對比賽會很有幫助。」

江美芸不敢相信老師竟然送她一本書，過去從來沒有老師送給她東西。收下書，江美芸在離開辦公室後，輕手輕腳的先是遠離辦公室後，接著快步跑至校園角落的一處圍牆邊。

江美芸翻開書本，每一頁的頁面都白皙無暇，這確實是一本新書。她貪婪的聞著書裡頭新印刷的成書才會有的油墨味兒，這一刻她彷彿覺得自己已經贏得選拔，已經贏得去戶外教學的獎金。

對於唸書，對於考試，江美芸並沒有過人的企圖心，可是因為許老師提供的機會，她第一次那麼想要贏得一項與學業相關的成就。

一次也好，江美芸也想嚐嚐拿到第一，被大家行注目禮的光榮時刻。

自那天起，江美芸無時無刻不抱著許老師送給她的書在苦讀。明明是一本故事書，但江美芸像是在進行文獻研究似的，她覺得只要多讀一頁，她就多接近自己的理想一分。

書本共有將近兩百頁，她用自己不甚精明的數學算著，只要多讀一頁，就能賺到二點五元。整本書讀完，贏得比賽，恰好賺到五百元整。

江豐勝，他回家的時間漸漸的推遲，離開家的時間漸漸的提早。

隨著比賽進行，隨著時間一分一秒過去，他的生意隨著努力，慢慢的有所好轉。也許誠意真能感動天，江豐勝覺得自己並不是沒有機會贏得勝利。

只是自己還要更努力，更努力，再更努力！

江豐勝沒有發現女兒這幾天也在為自己的前途打拼，回到家見到女兒熟睡的臉，渾然不知幾小時前還醒著的女兒，死命抱著書本讀著。

父女兩人，他們用自己的方式，在為自己以及整個家的幸福努力打拼。在他們的面前，都有一幅美好的願景。那願景像是西斯汀教堂中米開朗基羅的神聖壁畫，有著光亮無比的天堂。食慾變差，臉色也變得憔悴，江豐勝對於自己的身體完全沒有注意。

車行裡頭的其他人看在眼裡，誰都不敢去對他說。一個正在努力的人，誰忍心叫他停下腳步呢？誰又敢叫他停下腳步呢？萬一江豐勝真的聽了建議休息，最後輸了比賽，他要怪起那些要他休息的人，豈不是大家好心還得被狗咬。

誰也不敢說，可是車行中所有人都在為他加油。

方老闆注視著江豐勝每天把工作的時數推上新高，每天至少工作十六個小時，從早起的上班族、學生，到夜晚尋歡的酒客、小姐，只要是容易接到客人的地方，能夠讓自己的業績往上成長的地方，江豐勝都會趕過去。

阿明有點擔憂，他知道江豐勝是個樸實的人，但有些事情不是自己一廂情願就能達成。終歸正正車行不是什麼有規模的大車行，在資源不如人的情況下，要贏得勝利的可能性說真的很低。

阿明最擔憂的，就是最後的結果會讓江豐勝失望。

「老闆，你看阿勝這樣……沒問題吧？」

阿明看著正拿著刷子努力刷著輪圈上髒污的江豐勝，坐在車行內對方老闆嘀咕。

「什麼這樣、那樣的？」方老闆怎麼會不懂阿明問的是什麼，但他故意裝傻，不想回答這個問題。他不希望從自己的口中，說出自己旗下的司機可能會輸，一個努力的年輕人可能會失敗的可能性。

「就是阿勝這麼拼，應該會贏吧？」

「蔣委員長都有可能輸給老毛了，你說呢？」方老闆搬出傳統公務員忠黨愛國的說詞，迴避了阿明的問題。

「老闆，你的意思是咱們家阿勝有可能會輸囉？」

「你小聲點！」

方老闆咆哮道，聲音太大，江豐勝在外頭聽見還回頭望了兩眼。方老闆與江豐勝的眼神交會，他怕江豐勝發現自己和阿明正在聊這些負面的話題，只好對江豐勝傻笑。

江豐勝見方老闆對自己傻笑，也沒多問，繼續刷著他的輪圈。

方老闆對阿明說：「總之我還是那句老話。『盡人事，聽天命。』豐勝是個認真的老實人，但你也知道社會上很多事情，不是認真的人就會獲勝。人啊！還是要懂得一點奸巧才行。」

「老闆，奸巧你可就是個大外行了。」阿明一手撐著腮幫子說。

方老闆拿起手上報紙往阿明頭輕輕拍了一下，說：「我還不知道，要是我懂得這箇中道理，現在也不用陪你們開什麼車行啦！」

第十四章

前途茫茫

只有上段班學生才能接近，靠近行政大樓的教室，江美芸第一次跨過界線，從離行政大樓最遠的一邊走過來。

上段班果然跟中段班和普通班福利不同，他們的教室有冷氣，而且教室裡頭用的課桌椅都是新的，不像江美芸自己班上用的，許多課桌椅都有之前幾屆學生留下來的使用痕跡。

四年一班的教室外頭貼上一張紅紙，上頭寫著「台北市中年級作文比賽代表選拔賽——校內預選教室」。教室內有十張桌子，上面按照班級順序寫有號碼牌。桌子和桌子之間跨排，所以左右都沒有人坐，防止作弊。

「是妳？」

江美芸和楊小晴打了個照面，見到彼此，對方先是一陣驚訝。隨後，兩人沈默不語。踏進比賽教室，她們立即瞭解彼此的角色。她們現在是競爭者，並且只有一個人可以贏得為校爭光的桂冠。

負責監考的是高年級的老師，對於國文很擅長，專門為學校培育國語文競

賽選手的田老師。

田老師額頭有一撮極為醒目的白髮，配著琥珀色的粗框眼鏡，看起來十分嚴肅。他把空白的作文稿紙一一交給每個同學，然後對大家宣佈規則：「比賽時間限時九十分鐘，等一下我會把題目寫在黑板上，你們就黑板上的題目寫出一篇以五百字為標準的白話文作文。寫作途中不能左右張望，也不能步出教室，有任何問題請不要自己行動，麻煩舉手。老師看到你舉手，就會過去幫你處理。」

田老師摸摸眼鏡框，補充道：「有不懂的請現在發問，不然我們就開始囉！」

十位同學都沒有人發問，對於規則他們早就了然於胸。

「很好。」

田老師見大家沒有問題，踏上講台，把題目在黑板上揭示給參賽的同學們。

楊小晴坐在江美芸的左前方，她微微側過頭，說不出的詭異笑容和眼神，朝江美芸的方向射過去。

江美芸沒有答理楊小晴，她覺得自己千萬不要再跟這位煞星扯上關係，以確保自己不要再一次被叫到辦公室接受校長與老師們不公平的對待。

「透過這次比賽，我會讓妳知道世界上不是每一件事都能如妳的意。」江美芸想要證明自己可以做到，想要證明貧窮、單親的孩子也可以開創出一個美好的未來。

這時，江美芸注意到一件奇怪的事。

當在場其他參賽者都注視著正在黑板上寫題目的田老師，楊小晴卻已經開始在作文稿紙上寫作。

「奇怪，她都不用看題目的嗎？」江美芸在心底問著。

〈做一個守信的好孩子〉，這就是選拔賽的題目。看到這個題目，十個孩子有六個都叫苦了一聲。

「這題目好難啊！」江美芸對於這個題目，和老師之前給她的故事書中所能聯想到的內容乍看之下簡直是天差地遠。

「守信」這個概念對十歲的孩子而言太過抽象，要達到五百字的字數標準，並不是一見容易的事。儘管如此，江美芸調整好心情，開始發想對於守信的所有記憶。

剛開始，江美芸什麼有趣的故事都想不到，但當她從窗外見到操場上綠油油的青草地，她想到草地上有綿羊和牧羊犬以及牧羊人，然後她想到故事書中有一個關於「狼來了」的故事。

接下來，江美芸又想到楊小晴，那關於楊小晴所說的一連串謊言，以及自己被誤會的種種經過，所以她想到信用不只是正面的，把要說實話等等教條寫出來，還可以從反面來寫，像是「不要說謊」。

有了別人的故事，有了自己的生活體驗，江美芸覺得自己有了頭緒，便開始動筆。

田老師坐在講台前的椅子上，看著手上那本《春秋》，一副很有學問似的，對整場比賽的過程不聞不問，呈現漠不關心的態度。

江美芸覺得時間從來沒有過得那麼快，她努力的寫，然而寫了三行，卻又覺得自己寫得不夠好，又用橡皮擦擦掉兩行，就這麼改改寫寫，好不容易一個小時過去才寫了三百多字。

時間還剩下三分之一，教室牆上的時鐘無情的在往前奔跑，不給任何一個追尋它的人一點超前的機會。

江美芸有點緊張，步調開始不如剛開始那樣和諧。她開始沒有辦法專心，開始想要看看其他人寫得怎麼樣。

楊小晴舉起手，田老師放下《春秋》走過去。

「老師，我寫好了。」楊小晴驕傲的說。

「好，那妳可以先出去了。」田老師收下楊小晴的考卷，放至講桌桌面。

楊小晴迅速的動作，讓江美芸從緊張轉而有點慌亂，她過去吊車尾慣了，

但面對那位驕縱蠻橫的大小姐，她說什麼也要贏這一次。

一個不小心，江美芸用力過猛，手上的鉛筆筆芯應聲折斷。

江美芸從鉛筆袋中掏出另外一支鉛筆，這支鉛筆的筆尖沒有削過，不是很銳利，江美芸只能勉強靠著手指頭來控制筆尖，試圖讓字跡可以不要太模糊。但可能太心急了，就連這支筆沒寫幾個字，筆芯又應聲折斷。

翻著鉛筆袋，裡頭沒有其它鉛筆，但有削鉛筆的小刀。江美芸不知道在現在這個場合是否可以削鉛筆，但她哪還顧得了這麼多。

削鉛筆的聲音驚動了田老師，他走下來查看奇怪聲音的來源。他見到江美芸在削鉛筆，對江美芸說：「這位同學，妳知道這樣會影響其他同學寫作嗎？」

「老師，我……對不起。」江美芸不想辯解什麼，她只是想把作文寫完。

田老師不大高興，語氣頗重的對江美芸說：「趕快把筆削一削，然後不要再這樣了！」

削完鉛筆，江美芸用力捏了自己大腿一把，她捏得很用力，大腿上立即青了一塊。

給自己提神一下，抓回暫時失去的專注力，江美芸再次把焦點放在稿紙上。

「時間到！」

九十分鐘飛快的過去，江美芸感覺自己好像跑完一場馬拉松，而不是寫完一份作文。當稿紙被田老師收走，江美芸整個人幾乎是攤在椅子上，無法馬上站起來。

寫完作文，剩下就交給老師們去評斷。

教室外頭，楊小晴和她狹路相逢，楊小晴正在和學校的校長和另外一位高年級的老師正在聊天。江美芸趁楊小晴沒注意到她，想要走另外一邊的樓梯，好避開這位煞星。

在比賽中，楊小晴率先寫作的事情，卻沒有隨著比賽結束而結束，一直縈

繞在江美芸的腦海中。

不知道為什麼，江美芸覺得答案或許就在楊小晴與校長、老師的對談中，於是她貼著教室牆壁走過去。

田老師抱著十份作文試卷，走出來，和校長、另外一位老師與楊小晴打了聲招呼。江美芸從教室中間穿過去，得以躲到另外一處更接近四人的門邊，她不需要探頭出去，豎起耳朵就能聽見他們的對話。

「小晴這麼優秀，能夠為我們學校爭光就太好了！」校長笑嘻嘻的說，也不知道是說給誰聽。

「得等審查完作品才會知道結果。」田老師說。

「這我也知道，但優秀的作品，我想還是可以預期的。就像台灣的紅葉少棒，還沒出國比賽，我們就知道我們中華民國的孩子絕對會很爭氣的拿冠軍回來，你說是吧，田老師？」校長的笑，千變萬化，此時笑裡藏刀，讓人聽了都忍不住打顫。

田老師和另外一位國文老師聽校長的看法後，都對校長說的表示贊同。

校長又說：「楊委員公務繁忙，但稍早他有給我打電話，告訴我一定要公平、公正，千萬不要讓人家說閒話。當然我們都知道小晴很優秀，肯定不會發生不公平的事情。所以你們幾位老師評審的時候，請『務必』要公正，瞭解嗎？」校長說完，又發出「咯咯」的笑聲。

聽校長這麼說，老師們也都沒有表示其它意見，楊小晴順水推舟，很謙虛的說：「謝謝老師們抬愛，我一定會好好努力，不讓大家失望。」

大人之間打的啞謎，江美芸聽不大懂，可是她隱約已經能夠判斷出自己在這場比賽中的命運。

第十五章

爸爸的黑眼圈

選拔賽隔天，結果出爐，學校公佈欄上貼上公告。

正取　四年一班　楊小晴

備取　四年二班　許◎◎　　四年六班　陳▷▷

「落選了。」江美芸難掩失望，觀看佈告欄結果的同學漸漸散去，她還是站在佈告欄前。這個結果江美芸並不意外，昨天比賽後，她碰巧聽見老師們和楊小晴的對話，知道自己沒有支持自己的老師做後盾，會輸掉比賽不意外。這個結果雖然不是什麼意料之外的結果，江美芸還是不大甘心，但她轉念想：「楊小晴家境那麼好，應該從小到大看過許多書，自己在這方面實在差太多了。」又想到戶外教學，江美芸頭更低了，陰影籠罩在臉上。失掉比賽，也等於失去拿到五百塊獎學金的機會。

當女兒輸掉比賽之後，計程車業績大賽則是逐漸進入尾聲。

「最後十天！」方老闆拿出練了超過半世紀的書法功力，在正正車行店內掛在牆上的大月曆上寫了一行紅字。江豐勝看著月曆上老闆提的那行字，為自己打氣，朝著車行外頭那片台北難得透出來的藍天大吼：「喔——」

經過的一個拉著菜籃車要去市場買菜的歐巴桑被江豐勝嚇到，對江豐勝罵道：「一大早學人家吹狗螺，要吹回家吹啦！」

阿明和其他車行的同仁聽到歐巴桑一口台灣國語把江豐勝罵到臭頭，都在偷笑。阿明過去搭著江豐勝的肩膀，說：「兄弟，最後一個禮拜，就看你的表現啦！」本來沒有什麼信心的比賽，在與林懷恩約定要分個勝負後，江豐勝拼命工作，而成效也有跑出來。現階段，江豐勝逐步在為自己的比賽做最後衝刺。

「沒問題，這幾天生意還不錯，一天跑下來的營業額都不少。」

「豐勝，不管怎麼樣，身子還是要顧。你別忘了家裡還有一個女兒靠你照顧，要是你倒下就什麼都完了。」方老闆語重心長的說，他過去看過不少年

輕人因為太操勞，而把自己累倒，他可不希望這種遺憾在江豐勝身上重演。

意志力超越肉體的限制，正是江豐勝現在最好的寫照。只有他自己沒發現，重重的黑眼圈，伴隨他睡眠不足又缺乏正常飲食的作息，在他雙眼留下深深的兩個熊貓眼。但在黑眼圈之中，眼眶裡頭那明亮的黑眼珠子散發出熱烈的企圖心，讓那些生性怠惰的司機無法逼視。這是認真的人，努力揮灑汗水的男子漢才能擁有的眼神。百忙中，江豐勝還是有想到女兒，因為最近業績不錯，所以他決定這一天要偷偷在沒有事先告知江美芸的情況下跑去接她放學。

從早上五點出門開車，江美芸那時還在沉睡，而江豐勝已經在路上奔馳。來到下午，十二個小時後，江豐勝的車緩緩駛近世豐國小。他在駕駛座稍微打盹兒，想等女兒放學出來，見到爸爸車子的興奮表情。

連續超時工作的疲勞，讓江豐勝不知不覺的進入夢鄉。

「咚咚、咚咚。」江豐勝從耳邊的拍擊聲中醒轉過來，他揉揉眼睛，車

門外曾國強騎在腳踏車上，拍著他的車窗。江豐勝搖下車窗，說：「警察先生，我停在黃線上應該沒違規吧？」

「嚴格的說是不算啦！可是你幹嘛在這裡睡覺，找個陰涼一點的停車位不是很好。國小旁邊的黃線沒有大樹遮蔽，大馬路又吵，你還睡得著？」

「我在等我女兒放學，我要接她去吃頓好料，然後送她回家。」曾國強摳摳臉，騎腳踏車到校門口警衛室，和警衛伯伯交談了幾句，又騎回江豐勝的車門邊，對他說：「我還以為自己記錯了，今天是世豐國小全校戶外教學的日子，妳女兒今天應該不用上課吧！而且我剛剛問了，每個年級去的地方都不一樣，妳還是確認一下女兒戶外教學是去什麼地方，才不會白跑一趟。」

江豐勝根本不知道有戶外教學這回事兒，他猜想：「難道美芸一整天都待在家裡？」又有點自責的唸著：「唉！怎麼沒跟我說呢？美芸肯定沒有錢繳交戶外教學的費用啊！」

「謝謝你，警察先生！」江豐勝謝過曾國強，開車想要回家看看女兒是否平安。回家的路上，江豐勝見到就在一個路口之外，自己的女兒和一位陌生的阿姨走在一起。兩人的態度十分親暱，好像彼此熟識。

江豐勝不清楚兩人之間交往的來龍去脈，只是擔心女兒會不會碰上壞人，加速衝到兩人旁邊，快速跳下車，跑到她們跟前。

「美芸，妳有戶外教學怎麼沒跟爸爸說呢？」江豐勝對女兒說。

江美芸見到爸爸頗為光火的態度，有點畏懼的緊靠在林曉玲的大腿邊。林曉玲搭著江美芸的肩膀，對江豐勝正色說：「江先生，我是您女兒的朋友，美芸今天稍早來到聚會所找我，我只是陪她四處走走，您千萬別誤會。」

「誤會？我還沒問妳是誰，怎麼會跟我女兒在一起？」江豐勝才懶得理會林曉玲，上前想要帶女兒回家問清楚為什麼要隱瞞戶外教學的事情，並且也沒有參加戶外教學，而是找陌生人相伴。

江美芸不想跟爸爸回家，沒有迎上前牽爸爸的手，反倒退了一小步。

這一小步，使得原本因為工作壓力就已經很煩躁的江豐勝更加不高興，對

女兒說：「美芸，妳這是幹嘛？走，快跟我回家！」

林曉玲不讓江豐勝越雷池一步，擋在江美芸身前，說：「江先生，您女兒現在不想回家，我陪她走一走，待會兒再送她回去。有些事情我們還沒談完，我想等談完之後再回家會比較好。」

「有什麼好談的，要談跟我這個做老爸的談不就得了！」

「江先生，你冷靜一點。」

林曉玲已經不再用敬語「您」來尊稱江豐勝，而是用「你」，她覺得江豐勝實在太沒禮貌了。江豐勝和林曉玲正在僵持，江豐勝見林曉玲看起來身子骨不是很好，索性用強，硬是伸手抓住江美芸的左手前臂，要把她拉過來。林曉玲雖然嬌弱，可內心堅毅，說什麼就是不讓。

一個不小心，江豐勝拉著江美芸手臂的手順勢扯倒了林曉玲。林曉玲單膝跪地，雪白的膝蓋上多了一道紅色傷痕。

「阿姨，妳還好嗎？」看著林曉玲的傷口，江美芸捨不得的說。江豐勝覺得很不好意思，但這口氣說什麼也沒法拉下臉來道歉，正不知道該怎麼辦，林懷恩此時也經過這條路，見到妻子疑似被一位粗獷的男子推倒，馬上將車停下，急忙跑過來。

「是你！」見到江豐勝，林懷恩認出這是半個多月前跟他說要比賽，挑釁他的那個司機。

「你幹嘛欺負我老婆，還抓著孩子！」林懷恩對江豐勝怒道。

「我……我不是故意的，還有美芸是我的女兒，我管教自己的女兒難道不行嗎？」江豐勝有點心虛的說。

「咦？這個人是妳的父親嗎？」林懷恩頗為驚訝，問江美芸說。

江美芸點頭，她本來只是找林曉玲訴說輸掉選拔賽的心情，並且找阿姨打發這一天因為戶外教學放假的時間，結果現在她最關心的三個人卻為了自己吵起來。江美芸內心覺得有些歉疚，好像這些事情都是因為自己而引起。甩開爸爸的手，江美芸在人行道上奔跑。

第十六章

註冊單的玄機

「美芸！」江豐勝在孩子身後追過去，江美芸跑得飛快，他欠缺休息的身體一下子竟然追不上。

「曉玲，妳的膝蓋還好嗎？」林懷恩原本也想追上去，但見妻子受傷，他先關心妻子的傷勢。

「你先去追他們，我隨後就到。」

林曉玲勉強擠出微笑，對林懷恩說。她擔心江美芸在那個粗魯的爸爸手下會受到欺負，要丈夫趕緊過去調解。

「那我去了。」

一百公尺的追逐賽，在下一個轉角處很快的落幕，江美芸畢竟還是小孩子，跑得沒有大人快。江豐勝氣喘吁吁的蹲在女兒跟前，對她說：「剛……剛才、才是爸爸不好，爸爸不是故意要推倒那位阿姨的。」

林懷恩追上去，可是他沒有介入江豐勝和江美芸之間，他聽見江美芸的哭泣聲，那是一個女兒對父親渴望愛卻得不到的呼喊。他站在街角的另一端，

靜靜的聽著。

「我該怎麼做？」林懷恩問自己，他得確定江美芸不會受到欺負，他才能夠看著江豐勝把女兒帶走。江豐勝見到林懷恩，站起身凝視著對方。

「我女兒這陣子經常跟你們見面嗎？」江豐勝對林懷恩，語調平平的說。

「是的，有一天我和妻子在附近的聚會所遇到美芸，就跟今天一樣她哭得很傷心，所以我們就照顧了她一會兒。後來，你女兒每週都會來聚會所幾天，我和妻子都會和她聊聊天。」

「謝謝你們，以後這些事情讓我這個做爸爸的來負責就好。」江豐勝說的頗為吃味。

「美芸有她自己的想法，不是我們大人可以左右的。要不要跟我和妻子見面，應該由美芸自己決定，而不是由我們任何一個人幫她決定。」

「美芸，妳說以後還會不會去找他們？」江豐勝怒視林懷恩，對江美芸問道。

「我不知道……」江美芸沒有辦法給出一個肯定的答案，對自己最重要的爸爸，以及對自己很好的叔叔和阿姨，哪一邊她都不願意捨棄。

女兒猶豫的態度，江豐勝覺得自己身為父親的尊嚴被剝奪了，加上又和比賽較勁的對手扯上關係，他實在是氣不過，對林懷恩狠狠的說：「林懷恩，我不管你是什麼冠軍司機，還是什麼台北最大車行的當紅炸子雞，總之我一定會在這次比賽中打敗你。」

「我等著你來。」林懷恩淡淡的說，對於比賽的勝負，看似一點都不放在心上。證明自己的愛，江豐勝能想到的方法就是擊垮對手，但這真的是江美芸要的嗎？只要贏過林懷恩，江美芸就會開心？只要贏得比賽，江美芸就會感到幸福？江豐勝只能相信自己所相信的，這是他快一個月來努力的全部動力。

「分個高下。」

「對，分個高下。」

「要是我輸了，以後美芸她愛去找你們就去找你們。如果我贏了，你們以後不能再跟美芸見面。」江豐勝朝林懷恩宣示說。

林懷恩無奈的苦笑，說：「孩子不應該是我們比賽的賭注，我沒有辦法答應你。」

「你這個孬種，沒有膽子跟我賭嗎？」江豐勝語氣強烈的說。

「我是怕你沒有那個本事輸。」林懷恩平時是位好好先生，但他也是有脾氣、有自己個性的人。被罵孬種可說是踩到林懷恩所不能容忍的界線，他因而反擊道。熾熱的戰火，在林懷恩與江豐勝中間熊熊燃起。

十天過去，鞭炮聲響起。

「萬歲！萬歲！萬歲！」被同事們高高拋起的勝利者，是屬於大業車行的當家司機林懷恩。大業車行外頭張燈結綵，好像生怕全台北有人不知道他們家的司機再一次獲得業績比賽的冠軍。

「懷恩，我就知道你行！」董老闆露出一口金牙，笑得好燦爛。他搭著林懷肩膀，對來訪的客人以及在場的其他部屬恭喜林懷恩得到的勝利。「大家要以懷恩為榜樣，一起把業績往上衝！只要大家努力，今年的年終獎金我保證絕對比去年更高。」董老闆捨得花錢，他懂得錢對於員工的吸引力始終是最有用的誘因。

鞭炮聲遠遠的傳來，正正車行這邊籠罩在一片低氣壓中。過去沒有贏過這項榮譽，今年按往例沒有拿到桂冠也屬平常，可是低氣壓的中心不在於有沒有人得獎，而在於把一切希望投注在比賽上的江豐勝，他從得知結果出爐的消息後，整個人消沉的好像全世界全部不幸的事情都發生在他一個人身上。

那股陰鬱的悲情，讓車行上下所有人都不敢多說一句。大家也不知道該怎麼安慰他，而且大家也要忙著自己的生計。司機們陸續把計程車開出去，日子照常進行。

車行中只剩方老闆和最挺江豐勝的阿明，江豐勝癱坐在沙發上，看著自己最好的工作夥伴，那輛中古裕隆，懊惱的說不出話。

「阿明，你說我是不是很窩囊？」江豐勝終於開口說了今天第一句話，但這第一句話就讓好友難以回答。

「哪兒的話？這比賽原本就不公平，大車行有資源、有組織，比賽當然佔優。您說是不是，方老闆？」阿明故意表現出開心的表情，想要幫忙緩和江豐勝呈現出來的負面情緒。

「阿明說的沒錯，你已經盡力了，其實也為我們車行爭了一口氣。雖然我們沒有達到第一，但就我得到的消息，你可是大大刷新我們車行在業績比賽的新高紀錄呢！身為正正車行老闆，我真是以你為榮。」方老闆勉勵江豐勝說。

「謝謝你們，我去工作了。」江豐勝起身，他其實也聽得出周遭的人只是在安慰他，實際上他就是輸了，輸給林懷恩。

嘗試發動油門，但車子今天特別不聽話，這讓江豐勝想到，「女兒長大了，恐怕已經不是自己能管得動了。」他從來沒想過會有女兒長大的這一天，但現在江美芸已經是個有自己想法的小大人，他更加懷疑自己是否能滿足女兒的需求。

當江豐勝知道女兒為了幫家裡省錢，連五百塊的戶外教學費用都不好意思跟他拿，他覺得自己就是呼應了那個詞，「窩囊」兩個字。

江豐勝打開副駕駛座前方置物箱中的一個小包包，裡頭裝著從小學一年級開始幫江美芸繳交學雜費的繳費收據，以及每個學期都會收到的註冊單。每一張收據都是他用血汗換來的，小學一、二年級的收據上頭都有機油印，那是他還在工廠當黑手時留下的印記。

「我還能幫助女兒多久呢？」江豐勝看著學雜費的繳費單和註冊單，他真希望自己能夠一直一直守護江美芸，直到女兒真的長大成家的那一刻。

第十七章

畢業旅行

時光飛逝，轉眼間，轉學至世豐國小早已是遙遠的過去式。

六年級上學期的到來，宣告無憂無慮的國小生活即將結束，接下來一年將是迎戰初中考試的關鍵時刻。

江美芸上了五年級後發育的速度一下子變快，已經是位身高超過一百五十五公分，亭亭玉立的小美人。

憑藉對於改變貧窮，努力往上爬的心願，江美芸努力讀書，終於脫離普通班，來到中段班。

雖然沒有進入上段班，至少師資，以及周遭的同學對於學業認真奮發的程度都比以前的環境好上太多。

青青也跟著江美芸，她們現在都是六年五班的學生。

「美芸，今天下課後妳要去哪裡？」青青和江美芸，一邊收拾書包，一邊聊天。

「跟平常一樣去聚會所，晚上有團契。」

「是喔？妳要不要一起去補習啊？我昨天去南陽街，聽到好多補習班團報都有優惠。我和班上幾位同學想要湊一湊人數，跟我們一起來嘛！」

「不了，補習太貴了，你們去吧！」

兩年前，江豐勝和林懷恩進行比賽輸了之後，江豐勝就再也不過問女兒跟著林懷恩夫妻去聚會所做禮拜等等的事。也從那天之後，江豐勝和女兒之間就有了一層抹不掉的疙瘩。

聚會所內，林懷恩跟妻子都已經在裡頭，和其他教友正在唱著聖歌。江美芸走進去，很自然的坐到林曉玲身旁的位子，打開歌本，跟著大家一起唱。

「您信實真廣大，我天父上帝，您恩愛不間斷常存不息，您始終不改變，未如影轉移，自太初到永遠恆常不易。春夏秋冬四季，栽種和收成，眾星、太陽、月亮運行天空，宇宙間一切都多方作見證，述您恩愛信實廣大無窮。您赦免我罪過，賜永遠安寧，每天與我同在，鼓勵引領，賜我今天力量，明日的盼望，使我福杯滿溢，生命豐盛。」

聖歌的樂聲飄揚，聚會所滿溢平安與幸福的氣氛。

傳道人跳上講演台，開始說著又一篇的新約啟示。

林曉玲問江美芸：「最近跟妳爸爸處得還好嗎？還是彼此都不講話嗎？」

「老樣子囉！」江美芸慘淡的笑著說。

「世間最寶貴的莫過於親人了，只有親人會無條件的愛自己，就像……」

「就像天主。」江美芸聰明的幫林曉玲接話。

「妳知道就好。」

江美芸不是不關心爸爸，江豐勝也不是不再關心女兒，只是他們都變得對彼此更加沉默，不知道該用什麼樣的方式，回到過去可以無礙的表現對彼此的關心。

乍看之下，沒有什麼事情改變。江豐勝還是早出晚歸的工作，留下江美芸自己一個人照顧自己。

團契結束後，教友們三三兩兩的在聊天，問著彼此最近的狀況。林懷恩和

妻子，以及江美芸三個人坐成一小圈，手上捧著聚會所提供的熱茶，彼此寒暄。

「美芸，妳已經升上六年級了，對未來有什麼打算？考初中可是未來生涯中很重要的一步，妳一定要好好準備。」林懷恩耳提面命的說。

「我想要畢業後馬上去工作。」江美芸沒有絲毫猶豫，這個問題她早想清楚了。

「妳確定？叔叔不覺得這是個好主意，這年頭沒有初中畢業，找不到什麼好工作。頂多就是一些工廠、成衣廠的粗活，那些工作都很辛苦呢！」林懷恩的態度明顯不怎麼苟同江美芸的看法。

「美芸，這件事情阿姨的看法和叔叔一樣，我們都覺得妳至少要念到初中畢業，這樣未來才不會沒有保障。」林曉玲對江美芸說，再次加強先生的看法。

「我早就已經想清楚了，家裡需要錢，我也不應該一直靠老爸。如果以後

要唸書，我希望到時能用自己存的錢。可是現階段，我想就算考上初中，也只是讓家裡負擔變得更重罷了。」

林懷恩微笑說：「這件事情我和阿姨討論過，我們就知道妳會這麼說。學費的事妳不用擔心，如果令尊沒有辦法全額提供，我和阿姨願意負擔一部分，就當作投資妳未來的獎學金。」

江美芸感激的看著這兩位生命中的貴人，但她以為自己如果接受更多林懷恩夫妻的恩惠，會給予父親更大的刺激，並且自己也不應該一直拿人家的東西。

「謝謝叔叔跟阿姨，可是我真的不能接受你們的好意，我希望可以去外頭闖闖看，雖然這樣在你們看來有點愚蠢，但我能還是希望能幫家裡多少就幫多少，你們就不要再勸我了。」

聽江美芸似乎態度難以動搖，林懷恩跟妻子也就不方便再說些什麼。

他們看著江美芸長大，知道江美芸的個性是一旦決定的事情，任憑別人說

什麼都不會改變的個性。

離開聚會所，江美芸走在回家的路上。

途中經過一群騎腳踏車的國中男生，他們對著江美芸吹口哨，而江美芸完全沒理會他們。

她沒有走回家最近的路，繞過小道，站在大排水溝前，她從書包中拿出通知單，和兩年前類似，只是上頭文字所描述的從戶外教學變成一生只有一次的小學畢業旅行。

畢業旅行所費不貲，每個人要交三千塊。

江美芸連看都不想看，連考慮都沒有考慮就跟老師報告她不會參加這次的畢業旅行。她還記得兩年前那一天，自己沒有參加戶外教學，結果遇到爸爸他們，然後大人們因為自己吵起來。

江美芸需要錢，也從那天開始討厭錢。

江美芸喜歡爸爸，但也從那天開始討厭把精力花在追逐金錢上的爸爸。

「可惡！」江美芸對著排水溝大喊，然後把畢業旅行繳費的通知單撕爛。

通知單的碎屑被風吹起，飄落在排水溝的水面上，有的載浮載沉，有的則是被水流吸進排水溝的深處。

六年級的江美芸，她沒有迎接小學畢業，成長到下一個階段的喜悅，只希望江豐勝能夠變回原本那位會關心她，和她無話不談的爸爸。

第十八章 銀行搶案

江豐勝留了一嘴小鬍子，在工作上他仍舊十分有衝勁，但這股衝勁和兩年前相比還是差了一截。後來他再也沒有參加業績比賽，他想反正再怎麼努力都不可能贏過大車行的司機。

「豐勝，你等一下開車出去跑的時候，順便幫我把這個手提箱送到汪伯伯那邊去，可以嗎？」方老闆拿出一個皮製硬質手提箱，拿給正準備要開車上路的江豐勝。

「這裡頭是什麼啊？」江豐勝拿著手提箱搖晃兩下，想藉由裡頭物品碰撞手提箱的聲音來瞭解裡頭裝的東西大概是什麼。

「你可不要跟其他人說喔……」方老闆身子前傾，對江豐勝小聲說。

江豐勝被方老闆搞得有點緊張，心想難不成裡頭是白花花的鈔票不成。方老闆打開手提箱給江豐勝看，江豐勝看了忍不住笑出來，說：「老闆，這種東西你用這麼好的手提箱裝，太大材小用了吧！」

「剛好這手提箱我也要還給汪伯伯，所以就裝在一起。豐勝，這個忙你就

幫我一下。」

「這有什麼問題，反正我的工作還不就是在大街小巷跑來跑去。交給我吧！」江豐勝把手提箱丟在副駕駛座的腳墊上，看了看又覺得不大好，於是把手提箱放進座椅底下的空間，然後開車上路。才轉過幾個街口，開工不到十分鐘，天空突然下起雨來。雨點沒兩下子就從細微如針尖，轉為綠豆般大小的暴雨。

「太好了！」見到雨下得不小，江豐勝暗自叫好。下雨天怕麻煩而搶搭計程車的人會比天氣好的時候多，這可是賺錢的好機會。果不其然，立刻路邊就有一位穿著大衣、戴墨鏡，撐著一把黑傘的女士對自己的計程車揮手。江豐勝俐落的將車開過去，沒有濺起任何水花，潑濕客人的腳。

女客人打開車門，突然間路旁的屋簷底下有兩位同樣穿著大衣，帶著墨鏡和帽子的魁梧男子跟著衝上車。帶著鴨舌帽，比較矮的男子坐上副駕駛座，女子和身高較為高大，帶著棒球帽的男子坐在後座。

車子一下擠進三個人，江豐勝有點措手不及，笑說：「你們幾個是一起的啊？動作真快，我剛剛還沒見到你們呢！」

江豐勝的笑容凍結住，戴鴨舌帽的男子從懷裡拿出一把左輪手槍，頂著他的胸口，奸笑說：「兄弟，只要你乖乖配合，我保證你能全身而退，還能撈到一點好處。」女子看著掛在計程車前台，江豐勝的營業執照，指著放在營業執照旁邊那張女兒的大頭照，對同伴說：「我們可得好好照顧這位江先生，你們看江先生長得那麼聰明，肯定不會做讓自己和家人後悔的事。」

「你們想要什麼？要錢嗎？」江豐勝緊張的喉嚨發乾，他顫抖雙唇說。

「對，我們要錢。但你放心，我們不會跟你要，可是我們需要你的配合。」鴨舌帽男把左輪手槍收起來，然後說。

槍收起來後，江豐勝的緊張情緒舒緩不少，問道：「你們要我怎麼做？」

「把車開到敦化南路附近的陽光銀行。」女士對江豐勝下了指示。大雨，給了歹徒們作案最好的掩護。九點不到，陽光銀行才剛開鐵門，江豐勝的計程車開到門口。三個穿著大衣的男女下了車，但他們沒有讓江豐勝離開，而是拿著槍抵著江豐勝的背，要他跟著走進銀行。

銀行剛開門的緣故，裡頭還沒有什麼客人，除了江豐勝一行四人之外，只有三個人坐在櫃台前面的長椅上在等待。三個客人中，有一個江豐勝認得，曾國強這天剛好輪休，他想要趁休假的這一天提領現金去賣場買台大同電視機犒賞自己。他也認出江豐勝，過來打招呼：「司機大哥今天不上班，來銀行辦事啊？」

江豐勝想要用眼神示意要曾國強快走已來不及，曾國強才對江豐勝揮手，走過來兩步。戴著棒球帽的男子從大衣中拿出一個硬質手提箱，以及一把長槍。戴鴨舌帽的男子則是拿出一把長槍，以及方才用來威脅江豐勝的左輪手槍，對行員們大喊：「搶劫！不想死的就把雙手舉高，在原地跪好。」

陽光銀行的女行員們見到槍，當場嚇得花容失色。男行員們驚慌之餘，誰都不敢亂動一下。櫃台警衛想要拿出警棍，奈何對方有手槍，也只好退到櫃

台邊，雙手舉高。門口的警衛想要衝出去報警，看起來最嬌弱，穿大衣的女士實際上卻是心狠手辣，拿出預藏的手槍抵住警衛的後腦杓，說：「給我跪下。」警衛跪下，女子從大衣口袋拿出繩子，先是命令警衛走到銀行大廳角落，然後將警衛雙手和雙腳腳踝捆綁住，警衛只能沒有反抗能力的躺臥在地上。

「全部都要千元鈔，把手提箱裝滿。」

歹徒將手提箱放到櫃台，用槍指著行員的頭說。行員打開抽屜，把一綑綑千元大鈔裝進手提箱中。坐在辦公區最裡面的銀行經理，他按照銀行既定程序，偷偷按下連外的警鈴。歹徒早就料想到此點，但他們也不擔心，因為他們相信可以在警方來到之前脫身。所有人雙手高舉，跪在地上。

曾國強對江豐勝說：「你認識這伙人？」

「狗屁，誰認識他們，他們在路上攔下我的計程車，我還以為生意上門了，結果他們拿槍指著我，要我開到銀行門口。」江豐勝說得口沫橫飛，他

覺得自己真的是無緣無故捲入這場災難。

「可惡，我今天沒有值勤，身上沒帶傢伙，不然的話……」

「老兄，你千萬不要做傻事。我家還有未成年的小女兒要養，可不能在這裡丟了老命。你、你、你也只是一個小小的交通警察，沒必要拿自己的生命開玩笑。」江豐勝見曾國強想有所行動，緊張的勸阻他。

「你們兩個絮絮叨叨的在說些什麼呢！不准講話，給我跪好！」拿著手槍的女士對江豐勝和曾國強叱喝道。

江豐勝苦中作樂，自嘲說：「他們還真像我的小學老師，一天到晚只會說不准這個，不准那個的，聽到我都煩了。」曾國強可沒心情聽江豐勝瞎扯，他苦苦思索著要怎麼樣才能制服眼前三位歹徒。對他而言，這可是天上掉下來的好機會。他嘴裡唸著：「我可不想一輩子就只是指揮交通。」

曾國強瞥見掉在地上的警棍，看了看歹徒手上拿的槍，以及三位歹徒的動態。手提箱快要裝滿了，歹徒馬上就會離開，屆時要想再出手就晚了。

「賭這一把，還是不賭！」曾國強觀察半天，還是沒有辦法下定決心。他知道自己做出來的決定，很可能會有人因而受傷，自己更可能失去生命。危急之中，人的情緒產生了奇妙的波動，曾國強笑了，好像自己身處於一場鬧劇，而不是活生生的搶案現場。

「你知道我爸爸是個怎麼樣的人嗎？」曾國強天外飛來一筆，對江豐勝說。

「我怎麼會知道，是你爸爸，又不是我爸爸。」江豐勝關注著歹徒的動態，就怕他們亂開槍，沒費什麼心思的隨口回應。

「我爸爸對我總是不滿意，我做什麼他總是嫌我不夠好，就連我跟他一樣當了警察，他也是一天到晚只會跟我說『一輩子當交通警察有什麼出息』之類的話。我早就想要做給他看。不！是做給所有人看，我曾國強絕對不會只甘心當一位小小的交警。」曾國強把他當警察這幾年來的心情，以及從小成長背景所受的壓力都對江豐勝說了。

當一個人開始交代起自己的人生，也許是因為他覺得現在不說，以後就沒機會說了。江豐勝意識到曾國強有可能會做傻事，他冷汗直流。他不敢說曾國強的爸爸對待他沒有錯，或是有錯。他只知道有時人為了證明眼前自己可以做得到，為此犧牲生活的其它部份，最後可能衡量輕重，勝利的本身根本同時也是生活期它部份的失敗。

霎時間，江豐勝頓悟了。江豐勝領悟到，自己拼命的工作賺錢，一直對自己說要給女兒一個好的未來，可是女兒當下要的是一個只顧著賺錢的父親嗎？兩年前他和林懷恩拼搏一場，最後他為了面子，卻輸了裡子，輸掉與江美芸之間原本美好的父女關係。所有的問題，都是因為只顧著那些想不開的小事，而忽略了真正應該守護，真正貴重的無形價值。江豐勝也笑了，他笑自己這幾年過得太傻。曾幾何時，會跟自己撒嬌，無話不談的小女孩，只剩下兩人共處一室不斷重複的冷漠。

「少年人，不要衝動，有時候人犯錯，自己卻沒有意識到自己犯錯。我瞭解你老爸的心情，他只是沒有發現自己這麼做會造成什麼樣的後果。你不應該跟你老爸一樣只在乎眼前某些小事，而忘記其它更重要的事。」江豐勝像是一位老父親，對曾國強說。

「更重要的事是什麼？」曾國強看著江豐勝，想不透他話中的含意。

「更重要的就是，你的父親對你所做的都是因為愛你。」江豐勝望著曾國強，眼神中真誠交會，沒有半點虛偽，脫口說。

曾國強原本想要大幹一場的衝動，隨著江豐勝說的這句話，煙消雲散。他一直想要證明自己，一直在和父親的冷嘲熱諷中求生存，可是在這中間，這些都不是努力相應的起因。起因，只是為對父親的愛給予回應。

「我跟你說，如果能夠活著走出去，我要馬上去找我女兒。」

「幹嘛！跟她說故事嗎？」

「我要給她一個大大的擁抱，告訴她我輩子最愛的是她。」

「呵！怎麼現在聽起來倒像是你在交代後……事……」曾國強呆看著江豐

勝，他發現眼前這個人可能比自己更有可能奮不顧身。

「我是個計程車司機，這一輩子大概就只能這樣了。我希望孩子有好一點的生活，不要跟老爸一樣老是輸給社會上其他人。我希望女兒可以唸好高中、好大學，以後嫁給好人家。可是，跟我在一起這件事恐怕辦不成。」江豐勝說話的語調輕快，內容卻沈重不已。

「司機大哥，你想幹嘛？」

「去年我一個朋友跟我拉保險，他一直跟我說什麼多了保險，多了保障。還說什麼如果哪天我生病，還是出了意外，有保險就能保障家人的生活。當初我拗不過他就跟他買了，本來最近還想把保險停掉，現在看來真是買對了。」江豐勝的言下之意，曾國強都聽明白了。江豐勝並不害怕跟歹徒硬碰硬，因為失去生命他也覺得賺到了，因為女兒將因為自己的死亡得到鉅額保險金。江豐勝原本跪得好好的，一邊膝蓋開始慢慢提起。

曾國強按住江豐勝的肩膀，對他笑說：「司機先生，我不能讓你這麼做。」

「為什麼？」

「詐騙保險金可是刑法重罪，我身為警務人員，怎麼可以任由你犯罪呢？」曾國強沒有真的要逮捕江豐勝的意思，只是希望江豐勝不要衝動，要多想一想。

「那你說，貧窮的人要怎麼改變自己的未來？」

「每個人都有自己的命，都有自己的幸福吧！」手提箱裝滿千元大鈔，歹徒提起手提箱，一邊拿槍指著行員，一邊往大門移動。經過江豐勝，對他說：「司機先生，我們要走了，快開車。」

「我也要跟你們去？」江豐勝不情願的說。

「叫你來你囉唆個什麼勁兒！」戴棒球帽的歹徒不耐煩的說。

這時候有槍的就是老大，江豐勝只好乖乖就範，將三人載上計程車。

第十九章 雨中的客人

短短五分鐘不到的作案時間，警車來到現場已經晚了一步。見到警方人員趕到，本來處於緊張狀態的行員都鬆了一口氣。還有女行員喜極而泣，和警員擁抱。

曾國強把方才的狀況跟前來的員警報告，他記得江豐勝工作的計程車車號和特徵，警方隨即就曾國強提供的資料通報所有相關單位，包括警廣在內的媒體系統也第一時間做出了新聞播送。

「今天早上八點五十九分，於敦化南路一帶的陽光銀行發生持槍搶案，一共被搶走新台幣一百多萬元。歹徒一共有三人，分別持長短槍，請民眾務必待在室內安全處，不要隨意到街上活動。目前警方表示歹徒劫持了一輛計程車，車號19—68XX……往基隆方向逃逸……」

全台灣此時每一台收音機幾乎都在關切著這個正在發生的重大案件，江美芸這個學期擔任學藝股長，剛幫老師收好前一天規定的作文本，拿著作業走進教師辦公室。

辦公室內老師們聚集在收音機旁，都在聆聽這個新聞的後續發展。

「唰……」江美芸聽見被歹徒劫持的計程車車號，手上的作文本沒拿穩，散落一地。

老師們聽見作文本散落在地上的聲音，紛紛回頭看，有位老師對江美芸說：「妳在搞什麼，還不快把本子收好？」

江美芸身子像是觸電一樣，她丟下那一地作文本，往校門口外衝去。外頭下著滂沱大雨，江美芸無畏的任憑雨點打在她身上。校門口的警衛室停著警衛先生的腳踏車，江美芸考慮都不考慮就騎上去。

「喂！」警衛先生見到江美芸騎著自己的腳踏車，想要阻止已來不及。

「爸爸、爸爸、爸爸……」

江美芸的心中全是為父親擔心受怕的念頭，她用盡全身吃奶的力氣，努力的踩踏著腳踏車，雖然不確定自己走的路線對不對，她只希望可以趕快見到爸爸。

可是腳踏車又怎麼能夠比得上汽車的速度，江美芸的臉上已不知是雨水還是淚水，她的腿承受不住連續踩踏的運動，慢慢有了痠痛感。可是她不想就這樣放棄，就這樣停下腳步。

另外一輛江美芸熟悉的計程車，在這個當口及時出現。

「上車吧！」

林懷恩也聽到了廣播，帶著妻子來到世豐國小，他們知道以江美芸的個性，肯定要衝動的去找爸爸。

江美芸坐上林懷恩的車，林懷恩提醒妻子和江美芸把安全帶繫好，說：

「今天我就讓你們見識一下台北第一計程車司機的厲害。」

江豐勝駕駛計程車在雨中狂奔，中古裕隆被壓榨出車子全部的潛能。

「嘿！真看不出裕隆這麼會跑。」戴安全帽的歹徒說。

「趕快到八斗子漁港，那邊接應的漁船已經在等我們了。」

「是啊！只要坐上漁船逃到對岸，就一切ＯＫ！」

「原來三位是想要回歸祖國啊！失敬、失敬。」江豐勝酸溜溜的說。

「你想找死是不是？」戴鴨舌帽的歹徒把槍抵在江豐勝腦門上說。

「你給我開快一點。」女子說。

江豐勝聳聳肩，表示自己只是開玩笑，說：「我已經把油門催到底了，如果你們嫌我開得不夠快，你們可以自己開。」

又補充說：「現在天雨路滑，開這麼快真的不太安全，我建議我們還是不要太衝才好。」

「要你開快你就開快，那麼囉唆幹嘛！」

戴鴨舌帽的男子懶得再跟江豐勝辯，另外他也知到這個時候警方應該已經對他們展開追捕，所以能夠盡早到目的地一秒，他們就安全一分。

台北往基隆，離開市區後的省道上，兩旁盡是農舍與稻田，大雨中見不到什麼行人。

「小心！」

也不知道怎麼會突然有位像是穿雨衣的人出現在快車道上，而且是在視線不清的此時此刻。

女子等三位歹徒見到馬路前面突然出現一位黑色人影，失聲尖叫。

「哪裡？」

江豐勝什麼也沒看到，但因為歹徒們的尖叫聲，他緊張的把煞車用力一踩，快速轉動方向盤。

第二十章 天氣晴

計程車不是賽車，哪經得起江豐勝強硬的控制，車體立即在馬路上打滑，轉了好幾個三百六十度的圈，然後失控撞上路旁的電線杆。

無巧不巧，計程車撞上電線杆的是副駕駛座方向，並且整輛車只有江豐勝一個人循規蹈矩的繫上安全帶。

坐在副駕駛座的歹徒把擋風玻璃撞破一個大洞，飛出車外十多公尺，倒在柏油路上動也不動。

後座兩位歹徒在剛才的混亂中也撞傷了頭，昏厥在座位上，頭上還滲出幾道鮮血。

江豐勝只有左邊額頭輕微撞傷，腫起一大塊。

他勉力推開車門，解開安全帶，爬出車外。他匍伏前進，就像當兵時受訓操演的情況，大雨淋在他身上，他反而因此清醒不少。

可是連續的旋轉還是讓他頭暈的非常厲害，可是他知道自己必須遠離計程車，以確保安全。

江豐勝的直覺是對的，計程車的油箱因剛才的撞擊已經破裂，汽油汩汩滲出，流了一地。

「呼……呼……」直到實在爬不動，江豐勝才大字型的躺在馬路上喘氣。

路邊一位年輕人目瞪口呆的走過來，查看了一下車子裡頭的情況，又跑過來蹲在江豐勝旁邊，很不好意思的對他說：「先生，有沒有怎麼樣？」

「嗯？什麼……」

江豐勝一時之間腦袋還暈著，沒有辦法回答。

「我晾在門口的雨衣可能剛才風太大被吹到馬路上，我正要走過去撿，就看到你們的車衝過來。」

順著年輕人的視線看過去，江豐勝見到一件黑色的男用雨衣就落在馬路的前方。

又有一陣風吹過，雨衣被風灌進去，又飄起來。

「哈哈……原來剛剛是飛過來的雨衣啊！」

一件雨衣，在視線不良的情況下被歹徒當成人，而歹徒那一點還存在的憐憫心，反而救了江豐勝，也阻斷了自己的惡行。

「先生，我扶你站起來。」年輕人說。

「不，你快去報警，他們是壞人。」

「難道你就是廣播上被劫持的計程車司機？」年輕人驚訝的說。

「大概是吧！」江豐勝苦笑說。

大雷雨停歇，警笛聲與警車的紅藍燈，十多輛把江豐勝車禍現場，省道這一段圍起來。

江豐勝坐在路邊的小凳子上，肩膀有警方給他的乾淨毛巾，手上則有一杯驅寒的薑母茶。

曾國強坐在江豐勝身旁，很佩服的對他說：「老兄，所謂大難不死必有後福，回頭記得去買一張愛國獎券。」

「呵！還愛國獎券咧！我想到修車的錢要算在誰頭上，頭就痛了。」江豐

勝何嘗不知道自己有多幸運，打趣說。

住在省道旁，黑色雨衣的主人正在接受警方的筆錄訊問。旁邊還有兩位最早到的記者，無視警方人員存在，拼命問他目擊的感想。

「高先生，聽說你目擊了整個車禍情況，要不要跟全國人民分享一下？」

「高先生，你要不要對著麥克風談談雨衣阻止搶匪逃逸的感想，是不是真的有所謂『冥冥中自有註定』之事呢？」

當年輕人被問得不知道該怎麼回答，傻楞楞的站在那裡。又有一輛計程車開過來，停在封鎖線外。

率先下了計程車的正是江美芸，她隔著封鎖線，對江豐勝大喊：「爸爸！」

江豐勝朝女兒的聲音方向看過去，他不敢相信女兒竟然出現在這裡。穿過封鎖線，江美芸跑到江豐勝面前，有將近一分鐘的時間，父女凝視彼此，什麼也沒說。

江美芸眼眶泛紅，其實有許多話她想跟爸爸說，可是因為江豐勝根本沒有什麼機會和清醒時的女兒見面，所以什麼話也無法傳達。

「計程車撞得稀巴爛了。」江豐勝對懷中的女兒說。

「以後我買一台賓士給你當計程車。」江美芸說。

「哈哈哈！傻孩子，有賓士開還需要當計程車司機嗎？」江豐勝大笑。

相依為命的父女，因為沒有辦法面對面表達彼此的心意，應該貼近的距離因此被拉遠。

寂寞的小女孩，一顆心只好向他處尋，而林懷恩跟林曉玲所提供的溫暖，是忙碌於工做的江豐勝所不能給的。

「我……我有好多話想要跟爸爸說，可是爸爸都不在家。我……嗚嗚……」江美芸突然哭起來，她的心願沒有人聽見，只有她自己努力的在消化自己的寂寞。

江豐勝不是個善於辭令的人，此時此刻他唯一能做的就是抱緊女兒。

而他也真的這麼做了，無畏周遭人們的眼光，他把江美芸，世界上唯一的，也是最愛的女兒緊緊抱在懷裡。

沒有刮乾淨的鬍渣微微刺痛江美芸粉嫩的小臉蛋，可是江美芸一點都不介意，好久好久沒有跟爸爸這樣親密的擁抱，她都快忘記這種溫暖幸福的感覺。

「對不起，都是爸爸不好。爸爸……唉！爸爸只是希望妳能夠過好一點的生活。」江豐勝對女兒，真情流露。

林懷恩抱著妻子，他們看著江豐勝和美芸，這種感動讓他們覺得江美芸或許是上天送給他們的禮物，而他們則是上帝的使者，要來幫助這對父女能夠重新認識彼此，確認自己的心情，進而拯救一個家庭，使其得以完整。

「懷恩，我們也該有一個自己的孩子了？」林曉玲抱著先生，看著江豐勝和江美芸一家幸福的樣子，說。

「唉！可是妳的身子……」

「世界上沒有什麼不可能的，你瞧！現在不就有一個奇蹟在發生。」林曉玲說。

「是啊！我們可以領養一個。」

「喔……還有另外一個奇蹟我還來不及告訴你。」

「奇蹟什麼時候有那麼多？」林懷恩皺眉說。

「我上週覺得不太舒服，到醫生那邊檢查，醫生說……」林曉玲在先生耳畔說了一段話。

沒等妻子說完，林懷恩抱起她，轉了好幾圈，興奮的說：「真的嗎？太棒了！」

在我們沒有發現的角落，有許多小奇蹟正在上演，只要我們用心去關注，去聆聽，就會發現世界比我們想像的更加美好。

在都市生活扮演不可或缺角色的計程車，有屬於他們自己的故事，也有屬於計程車司機的喜怒哀樂。

開著計程車的人，是司機，也可能是一位好丈夫，一位最愛最愛女兒的偉大父親。

光陰的故事系列：05

老爸的計程車

編　著◇吳禹思
出版者◇培育文化事業有限公司
執行編輯◇禹金華
社　址◇22103 新北市汐止區大同路三段一九四號九樓之一
TEL（〇二）八六四七—三六六三
FAX（〇二）八六四七—三六六〇
總經銷◇永續圖書有限公司
劃撥帳號◇18669219
地　址◇22103 新北市汐止區大同路三段一九四號九樓之一
TEL（〇二）八六四七—三六六三
FAX（〇二）八六四七—三六六〇
E-mail yungjiuh@ms45.hinet.net
網　址 www.foreverbooks.com.tw
法律顧問◇中天國際法事務所　涂成樞律師　周金成律師
出版日◇二〇一一年二月

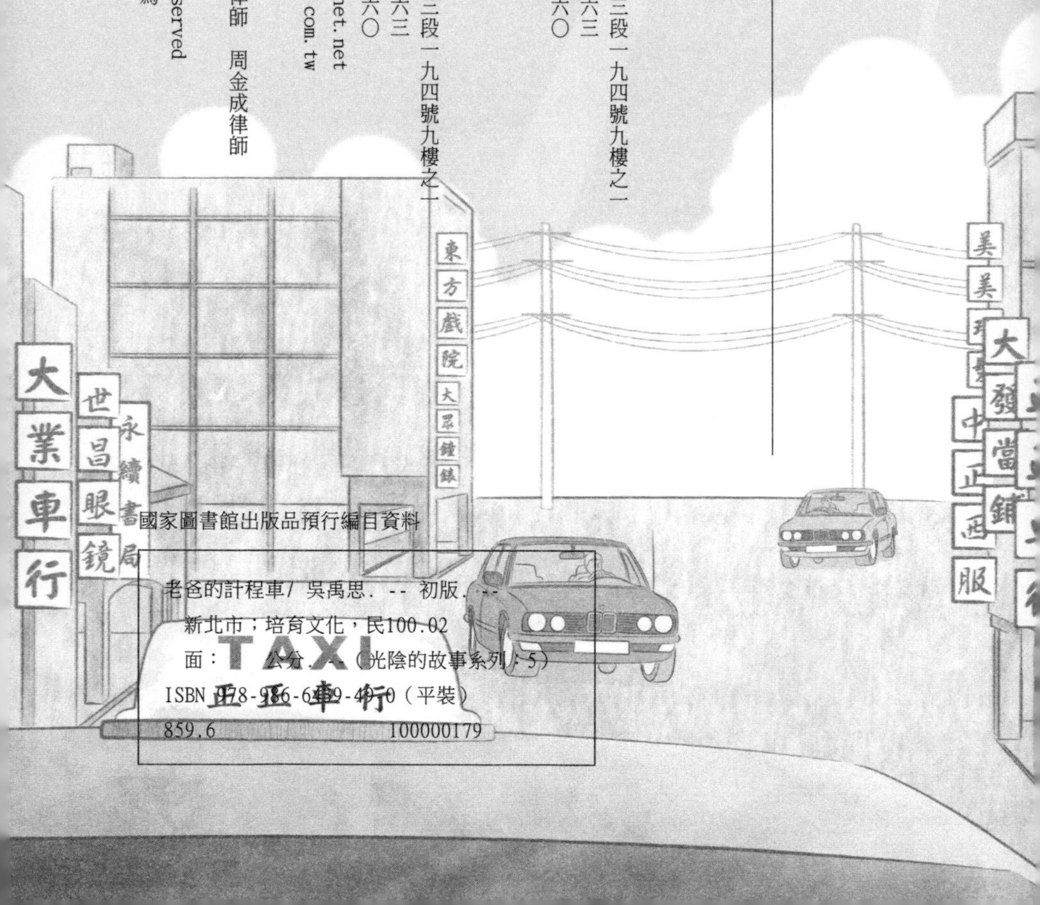

國家圖書館出版品預行編目資料

老爸的計程車/ 吳禹思. -- 初版. --
新北市：培育文化，民100.02
面； 公分. -- (光陰的故事系列：5)
ISBN 978-986-6439-49-0（平裝）
859.6　　100000179

培育文化讀者回函卡

謝謝您購買這本書。

為加強對讀者的服務，請您詳細填寫本卡，寄回培育文化；並請務必留下您的E-mail帳號，我們會主動將最近"好康"的促銷活動告訴您，保證值回票價。

書　　名：**老爸的計程車**

購買書店：＿＿＿＿市／縣＿＿＿＿＿＿書店

姓　　名：＿＿＿＿＿＿＿＿ 生　日：＿＿年＿＿月＿＿日

身分證字號：＿＿＿＿＿＿＿＿＿＿＿＿

電　　話：(私)＿＿＿＿＿(公)＿＿＿＿＿(手機)＿＿＿＿＿

地　　址：□□□－□□

：＿＿＿＿＿＿＿＿＿＿＿＿

E-mail：＿＿＿＿＿＿＿＿＿＿＿＿

年　　齡：□20歲以下　□21歲～30歲　□31歲～40歲
□41歲～50歲　□51歲以上

性　　別：□男　□女　婚姻：□單身　□已婚

職　　業：□學生　□大眾傳播　□自由業　□資訊業
□金融業　□銷售業　□服務業　□教職
□軍警　□製造業　□公職　□其他＿＿＿＿

教育程度：□高中以下(含高中)　□大專　□研究所以上

職位別：□負責人　□高階主管　□中級主管
□一般職員　□專業人員

職務別：□管理　□行銷　□創意　□人事、行政
□財務　□法務　□生產　□工程　□其他＿＿＿＿

您從何得知本書消息？
□逛書店　□報紙廣告　□親友介紹
□出版書訊　□廣告信函　□廣播節目
□電視節目　□銷售人員推薦
□其他＿＿＿＿＿＿＿＿

您通常以何種方式購書？
□逛書店　□劃撥郵購　□電話訂購　□傳真　□信用卡
□團體訂購　□網路書店　□其他

看完本書後，您喜歡本書的理由？
□內容符合期待　□文筆流暢　□具實用性　□插圖生動
□版面、字體安排適當　□內容充實
□其他＿＿＿＿＿＿＿＿

看完本書後，您不喜歡本書的理由？
□內容不符合期待　□文筆欠佳　□內容平平
□版面、圖片、字體不適合閱讀　□觀念保守
□其他

您的建議：＿＿＿＿＿＿＿＿＿＿＿＿

＿＿＿＿＿＿＿＿＿＿＿＿＿＿＿＿

剪下後請寄回「22103新北市汐止區大同路3段194號9樓之1培育文化收」

請用膠帶黏貼

廣告回信
基隆郵局登記證
基隆廣字第200132號

221-03
新北市汐止區大同路三段194號9樓之1

培育文化事業有限公司

編輯部　收

請沿此虛線對折免貼郵票，以膠帶黏貼後寄回，謝謝！

為你開啟知識之殿堂